Por culpa de una S

Por culpa de una S

Cristina Rebull

Ilustraciones: María Fernanda Mantilla

www.edicionesnorma.com

Bogotá, Buenos Aires, Ciudad de México,

Guatemala, Lima, San José, San Juan, Santiago de Chile.

Rebull, Cristina
    Por culpa de una S / Cristina Rebull; ilustradora María
Fernanda Mantilla. -- Bogotá : Educactiva S.A.S., 2015.
    152 páginas: dibujos; 20 cm. -- (Colección Torre de papel.
Torre azul)
    ISBN 978-958-776-494-9
    1. Novela infantil cubana 2. Pobreza - Novela infantil
3. Familia - Novela infantil 4. Tolerancia - Novela infantil
I. Mantilla, María Fernanda, ilustradora II. Tít. III. Serie.
C863.6 cd 21 ed.
A1476276
    CEP-Banco de la República - Biblioteca Luis Ángel Arango

Edición: Jael Stella Gómez Pinilla
Ilustraciones: María Fernanda Mantilla
Diagramación: Nohora E. Betancourt Vargas

61074762
ISBN: 978-958-776-494-9

*Para Iliana Prieto,
mi amiga de más allá del tiempo.*

Contenido

Capítulo anterior al capítulo primero que también puede leerse como capítulo final

Estábamos en el hospital materno.

—¡No creo que resulte, se me está cayendo el bigote! —le dije a Manuel en un temblor.

—Abróchate bien la bata de médico. Que no se te vea la camisa. Colócate el reloj —Manuel no terminaba una orden para empezar otra.

—¡Pero este reloj es de papá! —hice lo posible por detenerlo.

—Que el reloj sea de papá es lo que menos importa. ¿Quieres o no quieres hacerlo? —cuando mi hermano está decidido, habla con una firmeza que asusta.

—Quiero... —le dije tratando de ponerme a su altura. Me paso la vida en eso.

—Entonces, manos a la obra.

Salimos de la habitación fría y, sin poder evitarlo, lo detuve.

Manuel me miró.

—¿Qué sucede...?

—¿Qué pasará cuando nos vean caminando por el hospital, vestidos de médicos? Nadie nos creerá doctores... —pregunté con la esperanza de que se arrepintiera de todo lo planeado y con la seguridad de que era imposible.

—Correremos hasta llegar a la oficina de inscripciones primero que ellos— me respondió saliendo al pasillo con uno de los cochecuna.

Detrás, yo con el otro.

Logramos alcanzar el tercer piso sin que nadie nos viera. Las hermanitas estaban dormidas.

Había mucho silencio.

—¿Y ahora? —pregunté.

—En la próxima puerta doblamos a la izquierda y luego a la derecha.

—¿Estás loco? ¡Ahí están los ascensores! Hay entrada y salida de enfermeras. Nos van a descubrir en menos de lo que dura un bostezo —dije apurando el paso.

Si en momentos como ese mi corazón hiciera menos ruido, quizás todo sería más fácil.

—No hay otra solución. La mejor puerta está cerrada con llave y en la del fondo está sentado un policía de la seguridad del hospital —dijo Manuel y dobló a la izquierda.

—No resultará… —murmuré y me hubiera masticado la lengua en ese instante.

Mi hermano se detuvo y esperó. Estaba de espaldas.

—Sí resultará… —dije con vergüenza y le miré a los ojos—. Discúlpame.

Manuel me arregló un poco el bigote antes de mirar a las niñas.

—Son lindas, ¿verdad? Merecen mejores nombres que los que han pensado nuestros padres.

—Es cierto… ¿Seguimos? —pregunté, orgulloso de la belleza de las bebitas.

Doblamos a la derecha.

Al final del pasillo blanco estaban los cuatro ascensores. Nuestras hermanitas nuevas seguían dormidas.

Continuaba el silencio.

A cada paso nos acercábamos más a las cuatro bocas metálicas.

Sólo unos metros.

Dos pasos.

Uno.

Y las cuatro puertas se abrieron a un tiempo.

Unas cuarenta personas se lanzaron sobre nosotros, despertando a las hermanitas.

—¡Apúrate, Fanuel, las niñas lloran! —me gritó Manuel.

—No me dejan pasar... Ta ra rá rarará, ta ra rá rará... —no sé cantar nanas, pero hice todo lo posible porque las hermanitas se callaran.

Casi salimos de la multitud cuando:

—¡Manuel! ¡Fanuel! ¿A dónde van?

—¡La tía y el tío! —gritamos mi hermano y yo y echamos a correr como dos rayos.

Allá, a lo lejos, se escuchó: "¡A ellos, a ellos! ¡Dos niñas están en extremo peligro!".

"¿En extremo peligro?", pensé yo. "Después de todo somos sus legítimos hermanos, qué daño podemos hacerles... Creo que exageran...".

Manuel y yo alcanzamos el segundo piso.

Ya no había silencio.

Ahora, los médicos, las enfermeras, los policías de seguridad y los tíos venían pisando nuestros talones. Mientras, las hermanitas iban volando en los cochecuna y nosotros, detrás.

—No lloren, princesitas, es por el bien de ustedes —les decía y Manuel me empujaba para que doblara a la izquierda.

Sonó la alarma del hospital y dos enfermeras intentaron interceptarnos. No pudieron. Tenían miedo de que las niñas se hicieran daño.

"¡Regresen a las criaturas, por favor! ¡Están poniendo en peligro sus vidas!", se escuchó por los altavoces.

—¡Corre, ya estamos llegando! —gritaba Manuel.

"¡Manuel, Fanuel, les suplico que piensen lo que hacen!".

Ahora era la voz de mamá la que salía por los altavoces... Pobrecita...

Llegamos a la oficina de inscripciones del hospital materno.

—¡Abran esa puerta! ¡Rápido! —dijo mi hermano y una señora mayor nos recibió con sorpresa.

—Cierre ya, por favor. Todos nos persiguen —le pidió Manuel.

La mujer cerró la puerta dejándose caer en una silla metálica. Las niñas no hacían otra cosa que llorar.

—Pero ¿qué significa esto? —pudo, al fin, hablar la señora vestida de blanco mientras se incorporaba con las dos hermanitas en sus brazos, quienes, por suerte, inmediatamente hicieron silencio.

—¿Es usted la encargada de inscribir a los bebés? —Manuel fue al grano.

—Exacto —respondió casi en un suspiro.

—Queremos inscribirlas antes de que todos lleguen —dijimos los dos a la vez.

—Pero ustedes no son los padres, mis bellas criaturas —contestó tiernamente la señora.

—¡Pero somos sus hermanos y no queremos que crezcan sin saber quiénes son! Sabemos que las inscribirán como Nora y Dora y pasarán muchos años antes de que puedan distinguir la diferencia entre la N y la D. ¿Comprende? —Manuel defendía a las hermanitas con un sentimiento que me estrujaba la garganta como si fuera un cartucho—. La historia es demasiado larga para contársela ahora, pero le aseguramos que no puede repetirse el conflicto de la colita de la ese. Deben aprender, desde pequeñas, a ser distintas aunque sean hermanas gemelas.

Creo que me equivoqué…

Lo primero que necesito dejar claro es que somos una absurda familia de gemelos.

Mamá y la tía Dalia son gemelas.

Papá y el tío Aloy son gemelos.

La abuela Amelia y la tía abuela Amalia, gemelas.

Las tatarabuelas Eslinda y Erlinda tan gemelas como sus esposos.

Mi hermano y yo, gemelos.

Es como para no creer, pero en nuestra familia el único que no tiene un doble caminando por el mundo es Constante, el perro de la tía abuela.

Me equivoqué otra vez, es muy difícil empezar esta historia.

Para comprender lo que sucedió tendría que contarles que, hace un año, la tía abuela Amalia hizo como de costumbre la masa deliciosa y suave de las tortas de chocolate y la abuela Amelia, con mucha paciencia, las adornó con su manga de merengue. O que… cuando sólo faltaban unas horas para la llegada de los primeros invitados, la tía abuela Amalia detectó que la colita de la ese de FELICIDADES de la torta de mi hermano era más larga y delgada que el rabito de la ese de la mía… O mejor, que de los gemelos que conozco, la tía abuela Amalia es la que defiende con más pasión eso de ser iguales… O quizás que….

Creo que mi historia será un fracaso.

Todo me viene de pronto a la cabeza y no sé por dónde agarrar el cabo preciso.

Debo empezar diciendo que el suceso de las abuelas, y el principio de los principios, fue a causa del rabito de la ese, y que esto sucedió en la fiesta de cumpleaños de…

Mejor así:

La historia empezó el verano pasado, cuando mi hermano Manuel y yo cumplimos, con unos minutos de diferencia, los diez años.

Capítulo primero
La olimpiada gemela
que se convirtió en guerra

La fiesta era a las tres de la tarde.

Desde las dos estábamos bañados y vestidos. Éramos ocho de familia, pero en realidad parecíamos cuatro.

Mi padre y su hermano, el tío Aloy, llevaban pantalón café, camisa blanca y chaleco a cuadros. Mi madre y su hermana, la tía Dalia, un juego de falda y blusa en tonos azul celeste y mar de invierno. Manuel y yo, un conjunto de *short* y camisa verde olivo regalo de nuestras abuelas. A todos, sin excepción, nos colgaba en la solapa un prendedor de plata con el motivo de los gemelos.

La tía abuela Amalia y la abuela Amelia fueron las que más se hicieron esperar, pero, a pesar de sus rostros contrariados, cuando se presentaron en la sala de la casa con sus vestidos nuevos hubo aplausos y una exclamación general de elogios y halagos que se frustró al momento.

—Se rompió el espejo del baño —lanzó la tía abuela Amalia.

—Todo un desastre a causa del maldito rabo de la ese —dijo la abuela Amelia, quien no se detuvo hasta perderse por el pasillo.

"¡¡¡Desastre… Desastre!!!…", repetían las dos al unísono desde la cocina.

Esto empeoró la situación, porque cada una quería decir "desastre" más fuerte que la otra. En realidad, no era raro que las dos repitieran, sin cesar, ¡desastre! Esa palabra la aprendieron juntas desde niñas y era la adecuada para situaciones embarazosas según las abuelas. De igual forma, cuando las circunstancias eran favorables exclamaban, sonriendo, "divino, divino", pero aquella no era una situación divina.

—Mal comienza la olimpiada de hoy —dijo muy bajito mi hermano—. Un espejo roto es mala suerte…

—Pero ¿cómo el rabo de la ese pudo romper un espejo…? —y no había terminado de rascarme una oreja cuando…

—Amelia, ¡nunca entiendes nada y hacerte entender cuesta Dios y ayuda!

—Quien no entiende nada eres tú, Amalia. ¡Qué importa un rabo más o un rabo menos! ¡Mira las dos tortas de cumpleaños! ¡Las dos dicen FELICIDADES, las dos son idénticas! ¡Qué importa un rabo de ese más grande que el otro, minúsculamente más grande! ¡Por un rabo de ese no se deja de ser hermano gemelo!

—Ahí está el error. Una ese hoy, otra mañana y poco a poco dejamos de ser quienes somos —cortó, como un cuchillo, la tía abuela.

"¡Desastre, desastre!", volvían a repetir las dos.

Mamá, papá, los tíos, mi hermano y yo estábamos boquiabiertos con aquella pelea que tomaba cada vez más calor. Nos miramos los seis y, como si alguien hubiera dicho: "un, dos, tres, pasito inglés", adelantamos cuatro pasos hacia la cocina.

—Pero qué absurda pelea. Quitémosle el rabo a la ese de FELICIDADES y asunto concluido —propuso papá.

—¡¡¡De eso nada!!! —gritaron las dos al unísono.

—¿De eso nada? —respondimos nosotros, también al unísono, como un sexteto vocal—. ¿Y entonces?

—El rabo de la ese debe quedarse, si no ¿a dónde iremos a parar? —abuela Amelia estaba roja como una ciruela muy madura.

—El rabo de la ese debe quedarse porque parecerá un borrón y entonces tendremos una torta con tachadura y otra sin tachadura —sentenció con voz ronca la tía abuela Amalia, roja como una ciruela también.

Las dos abuelas se habían convertido, de pronto, en dos ciruelas extremadamente maduras que se fulminaban con la mirada.

—Me importa un comino cómo se las arregle el rabo de la ese sobre la torta de Manuel. ¿Es que no terminará esta discusión tonta? —Y pateé el piso como si se me hubieran desconectado todos los cables de la cabeza.

Cuando cerré la boca y dejé de patear había un silencio peligroso. Mamá y papá me miraban con cara de "¿olvidaste que cuando las personas mayores discuten, los niños se callan?". El tío y la tía contuvieron la respiración seguros de que volaba un castigo sobre mi cabeza, a pesar de que era mi cumpleaños. Cuando la mirada de papá es lanzada para llamarnos al orden a mi hermano y a mí, no parece la mirada de papá sino la de un dragón. Y uno siente un peso de una tonelada en sus hombros. En realidad, no sé cuánto de pesada es una tonelada, pero debe ser mucho porque la señora Josefina y su hija Angélica son inmensas de gordas y siempre las abuelas decían que pesaban una tonelada.

—Sólo pregunté si van a continuar discutiendo un tema tan insignificante como el rabo de la ese.

Y sonó el timbre de la puerta.

Mi hermano corrió a abrir y todos le dedicamos una amplia sonrisa gemela a la visita.

Impresionante. Eran la señora Josefina y su hija Angélica. Inmensas de gordas y pesadas como una tonelada.

—¡Felicidades! —y con dos besos en nuestros cachetes, dejaron ver sus regalos.

—Gracias —respondimos cortésmente mi hermano y yo.

Para hacer justicia, tengo que confesar que mi familia es excelente en eso de ser anfitriona. Es una regla inviolable recibir con la mejor sonrisa a todo el que llegue a nuestra casa, sea amigo o enemigo, porque según las tatarabuelas Eslinda y Erlinda, cuando uno está en su casa es dueño del campo de batalla, sabe dónde queda todo y si tiene sed puede tomar agua. Por esa razón, desde los tiempos de las tatarabuelas, nuestra familia, aunque no esté en uno de sus mejores días, al sonar el timbre de la puerta y aparecer un visitante, ofrece la más espléndida de las sonrisas gemelas.

Este era uno de esos días.

Para nosotros, las fiestas de cumpleaños son acontecimientos divertidísimos.

Siempre invitamos a pocas personas, pero, a la vez, las suficientes como para jugar al Juego de los Equívocos. Este es un juego absolutamente familiar. Es decir, nuestros invitados no saben que participan de él y que, una vez dentro de casa, se convierten en "fichas". Pondré un ejemplo de cómo hacemos:

Mamá escoge su ficha y se lo dice a su hermana, la tía Dalia. Mamá se sienta y conversa largamente con la ficha. En un momento dado, interrumpe el diálogo con el pretexto de atender algo urgente y tía Dalia debe asumir el papel de mamá

sin tener ni idea del tema de conversación. Si la ficha descubre lo que sucede, se suman dos puntos a favor de mamá. No se acumulan puntos en contra de la tía Dalia porque un gemelo siempre suma o multiplica, nunca resta o divide.

A este evento familiar le llamamos Olimpiada Gemela y se produce cuatro veces al año en ocasión de cada cumpleaños. La pizarra de anotaciones cuelga de un clavo de la pared de la cocina y sólo le es permitido anotar a quien vence en cada ocasión. El juego tiene otra particularidad y es que, a veces, la ficha quiere largarse antes de que el partido concluya. A esta circunstancia se le llama "obstáculo", y cuando un jugador logra convencer a la ficha de permanecer unos minutos más se le anotan cuatro puntos con la ventaja de iniciar la próxima ronda del juego. Si la ficha insiste en irse queda cerrado el partido a favor del que más puntos tenga.

Pues, para empeorar la situación familiar en la olimpiada de nuestros diez años, la abuela Amelia y la tía abuela Amalia, a la altura de las dos horas de fiesta, es decir, a eso de las cinco de la tarde, estaban enfrascadas en un terrible empate.

Aquella olimpiada no había sido tan divertida como las anteriores.

Las abuelas no habían llegado a un acuerdo de qué hacer con el maldito rabo de ese y todos estábamos muy atentos porque el juego de los equívocos se había convertido en un grito de guerra y no en una diversión.

A mamá le daba lo mismo si tía Dalia le ganaba o no. Papá llegó a un pacto de caballeros con tío Aloy sellando la partida. Mi hermano y yo teníamos los pelos de punta observando el movimiento complicado que preparaba una de las abuelas.

—Lo que hace la tía abuela Amalia está prohibido. Sacó a jugar a la señora Josefina y a su hija Angélica. No se pueden involucrar dos fichas en la misma conversación —Manuel estaba verdaderamente molesto con la tía abuela—. Eso es trampa, ahora cuando la abuela Amelia regrese de la cocina no sabrá cómo arreglárselas. Se lo diré a papá.

—Quieto, Manuel. Este es un asunto de las abuelas.

Un rato después el reloj dio seis cucos.

Las dos fichas involucradas por la tía abuela habían hecho ocho intentos de despedirse, anotándose cada contrincante cuatro obstáculos de cuatro puntos, que sumaban, por primera vez en una olimpiada, un total de veintiséis puntos.

—Las fichas están desesperadas por irse, Amalia, no compliques las cosas. Es un empate decoroso.

—Te equivocas, Amelia. Las fichas seguirán jugando el tiempo que sea necesario.

—Pero es que están agotados todos los temas sustanciosos que se pueden tratar en un juego como este... —Abuela Amelia tenía razón, en un final, lo importante era jugar y pasarla de maravilla sin que las fichas se sintieran mal en nuestra casa.

—Te aseguro que aún nos queda al menos un tema que se tornará verdaderamente interesante. Es mi turno. Te deseo suerte... —repuso la tía abuela y se alejó hacia las fichas.

Papá, mamá, los tíos, todos a la vez trataban de convencer a la abuela de que dejara ganar a la tía abuela Amalia. Mi hermano y yo permanecíamos en silencio, como piedras, pero yo estaba muy preocupado porque la abuela Amelia no abría la boca y sólo miraba a un punto fijo con los ojos marchitos. Cuando regresó de ese punto lejano que parecía perderse en los primeros años de su vida dijo:

—No. Por primera vez, Amalia aprenderá que no siempre puede ganar— y pidió que la dejáramos sola en la cocina en espera de su turno.

—Pobres fichas —dije yo.

—Pobres fichas —repitieron los demás y se alejaron.

Cuando llegamos a la sala, todos los invitados se habían marchado. Sólo quedaban las dos fichas en juego. Eran la pobre señora Josefina y su hija Angélica, que asentían con vehemencia a todo cuanto decía la tía abuela, buscando ponerle fin a la conversación.

—Sí, la torta estaba muy suave y delicada de sabor —la señora Josefina no sabía qué decir para parecer interesada.

—Pero ¿tuvieron oportunidad de probar un pedazo de cada una...? —la tía abuela se acomodó en la butaca y las dos fichas se miraron inquietas.

A decir verdad, ya no me parecían tan inmensas ni tan gordas. Quizás, para entonces, la duración y la intensidad del partido les había hecho bajar unos dos kilos a cada una.

—A mí me parece que saben exactamente igual —dijo Angélica con el temor de equivocarse al elegir la repuesta correcta para dar por concluida la visita.

—Ahí está el asunto, queridas mías. Las tortas de cumpleaños de los hermanos gemelos deben ser idénticas, no sólo al paladar, sino a la vista. Todo debe ser igual, absolutamente igual, porque es lo que yo digo, un botón hoy, un bolsillo de otro color mañana, y un día... —la tía Amalia dejó suspendida la frase incorporándose de la butaca.

Las dos fichas se miraron nerviosas...

—¿Y un día...? —dijeron las dos con un hilito de voz.

—Y un día, nos despertamos sin parecernos. ¿No están de acuerdo conmigo?

Y la tía abuela hizo que las dos fichas se levantaran y la acompañaran a la mesa donde aún quedaba un cuarto de cada torta. Exactamente, los cuartos que llevaban la última sílaba de FELICIDADES. Justo la que hacía evidente el conflicto del rabo de la ese.

—Por ejemplo, en este caso... —continuó con un tono profundo y cómplice mientras se echaba hacia delante—. ¿No les parece que uno de los dos rabos de la ese está más largo y delgado que el otro?

La señora Josefina y su hija Angélica tenían los ojos como cuatro carros locos y no sabían qué responder. Quizás su intuición les ordenó: éste es el momento de pensar muy bien antes de aventurarse a dar cualquier respuesta. Estaban nerviosas y, moviendo los brazos aquí y allá, hacían descansar el cuerpo en un pie y luego en otro.

Saltaban.

—Las fichas están descontroladas —susurró mi hermano.

—A la señora Josefina le brinca un párpado, mírala bien, y su hija Angélica sonríe sin sentido a la tía abuela. Las fichas se han vuelto locas.

Papá y el tío bajaron la vista.

Mamá y la tía se llevaron discretamente una mano a la boca.

Por primera vez, en una olimpiada, las fichas no podían más y estaban a punto de desmayarse.

—¿Qué dicen a eso…? —la tía abuela las hizo reaccionar y las sujetó a cada una por un brazo—. ¿Es o no es deficiente el rabo de la ese de esta torta tratándose de hermanos gemelos?

Y dejando a las fichas con la palabra en la boca, se inventó algo urgente en la cocina.

Las fichas, sudadas y ojerosas como si hubieran saltado la cuerda durante veinticuatro horas seguidas, la vieron alejarse sin poder hacer nada.

—Es tu turno, Amelia. Estamos veintiséis iguales y llevas cierta ventaja porque en cuanto te incorpores intentarán despedirse por novena vez y tendrás cuatro puntos de obstáculo si logras mantenerlas en el juego.

La abuela Amelia se levantó de su silla de madera y no dijo una sola palabra. Miró a la tía abuela unos segundos y salió al campo de batalla.

Las fichas, demacradas, casi azules de fatiga, se apresuraron a darle la razón a la abuela Amelia creyendo que era la tía abuela Amalia. Hicieron una escueta y rápida explicación sobre la necesidad de defender a todo costo la condición de gemelos, aun cuando se tratara de diseños defectuosos de rabitos de ese sobre tortas de cumpleaños y, sin más, suplicaron que se les disculpara porque ya era muy tarde y no les agradaba regresar tan de noche a casa.

—Por supuesto, no faltaba más. Pero a Amelia le gustará que se despidan de ella… ¡Amelia…!— La abuela se llamó a sí misma para que la tía abuela viniera a despedirse y dejar, definitivamente, en paz a las fichas.

Con esta maniobra, la abuela Amelia terminaba con treinta puntos y la tía abuela con veintiséis. No sólo perdía con cuatro puntos de desventaja sino que, al tener que despedirse como si fuera la abuela Amelia, perdía la oportunidad de retener a las fichas y, por tanto, de ganar puntos de obstáculo.

La abuela Amelia había hecho una jugada genial.

Acompañamos a la señora Josefina y a su hija Angélica hasta el jardín de la casa.

Cuando papá cerró la puerta principal...

—¡¡¡Desastre!!!... ¡¡¡Desastre!!! —las dos abuelas, en la cocina, decían nuevamente: desastre, y se gritaban cosas sobre cuando eran muy pequeñas.

—¡¡¡Desastre!!! ¡¡¡Desastre!!! —en realidad, la voz que prevalecía era la de la tía abuela Amalia.

De pronto un estruendo y luego, un gran silencio.

—¿Qué puede haber sucedido? —dijo papá y todos corrimos.

Los seis que parecíamos tres quedamos helados de miedo cuando nos asomamos.

La tía abuela Amalia y la abuela Amelia estaban acostadas en el piso y ninguna de las dos respondía.

A Constante se le escuchó ladrar en el patio y luego, lanzar un aullido de lobo.

Capítulo segundo
La primera vez en mi vida
de gemelo que no quise ser igual
a mi hermano

Esa noche mamá, papá, tía Dalia y tío Aloy pasaron la madrugada en la clínica.

Manuel y yo nos quedamos solos y terminamos durmiendo en la misma cama después de dar muchas vueltas.

—¿Morirán…? —Manuel tenía los ojos más abiertos que dos faroles.

—No sé. He oído que un ataque cardíaco es cuando el corazón, cansado de moverse, se sienta a descansar.

—¿A descansar?... ¿Para siempre?

—Me imagino que depende de lo cansado que esté —respondí sin tener idea de lo que estaba diciendo y tratando de imaginar cómo serían los corazones cansados de las abuelas.

Mi hermano quedó pensativo mirando al techo blanco del cuarto. Luego me abrazó muy fuerte, yo hice lo mismo y nos quedamos así durante unos minutos.

—Le tengo miedo a la muerte... —Manuel estaba temblando—. No me gustaría morir.

—Dice la abuela Amelia que los niños no mueren. Sólo mueren las personas mayores.

—¿Tía abuela Amalia y abuela Amelia son muy mayores?

Manuel hizo la pregunta terrible.

¿Por qué me hacía pensar en eso? Ninguna de las dos abuelas era lo suficiente mayor como para morir... Pero... ¿a qué edad se es mayor? ¿A partir de qué edad uno es lo suficientemente mayor como para morir? ¿Cuántas cosas tiene que haber hecho un corazón para necesitar un descanso?

—Abuela Amelia y tía abuela Amalia sólo tienen sesenta y ocho años —dije con firmeza, espantando de mi mente las infinitas preguntas que no me dejaban en paz.

Manuel volvió a quedar en silencio, como si estuviera muy lejos. Ahora quien tenía miedo era yo. A pesar de que nos manteníamos fuertemente abrazados, Manuel estaba ausente, tan ausente como si no fuera Manuel, y me heló las piernas la posibilidad de que mi hermano dejara de existir y yo jugara solo en nuestra casa. Cuando un hermano gemelo se ausenta es como si se ausentara uno mismo.

—Manuel…, ¿estás ahí…?

—Si una de las dos abuelas muere, ¿cuál preferirías que quedara con vida?

Todo el cuerpo se me estremeció.

—Eso es cruel. Tanto tú como yo las queremos a las dos con el mismo cariño. Las dos abuelas se preocupan por nosotros. Las dos desean que mamá y papá sean muy felices. Las dos… —y estuve enumerando razones y defendiendo el cariño por las dos abuelas un buen rato. Mientras más razones me inventaba, más se iba inclinando mi corazón hacia una de ellas y eso me hizo llorar. Las dos abuelas eran iguales, pero, por esos misterios del cariño, nosotros queríamos más a la abuela Amelia.

—Yo también la quiero más —afirmó Manuel.

Y terminamos separándonos, cada uno en un extremo de la cama, escondidos debajo de la almohada y sin poder dejar de llorar.

Esa noche soñé que, en medio de la olimpiada, las fichas descubrían nuestro juego y, saltando, la señora Josefina y su hija Angélica se acercaban a nosotros lentamente para amarrarnos las manos con los rabitos de todas las palabras terminadas en ese. No sé qué sucede en los sueños, uno nunca puede correr todo lo que necesita para escapar. Pero en este, además, nadie nos escuchaba pidiendo auxilio, porque la tía abuela Amalia no dejó de gritarle a la abuela Amelia que ella era la culpable del desastre por dejar esos rabitos sueltos en manos de las fichas enemigas. La abuela, sentada en su silla de madera, se alejaba sin decir nada… ¿O nos alejábamos nosotros?… ¿Abuela…?

A la mañana siguiente, la tía Dalia vino a buscarnos en el auto de papá. Dijo que las cosas no andaban bien y que ya mamá nos explicaría, pero la tía podía haberse ahorrado un montón de palabras. El hecho de que llegara en el auto de papá ya era una mala señal; al menos, una señal desacostumbrada. Papá nunca le presta el auto a nadie, sólo en momentos excepcionales.

Este era un momento excepcional.

Llegamos al hospital.

El olor a medicinas y desinfectantes nos recibió apenas abrimos las puertas del auto.

No me gustan los hospitales, ni los médicos, ni las enfermeras, ni las jeringuillas. Cuando entro a uno siempre estoy alerta porque constantemente tengo la sensación de que una jeringuilla me caerá en una nalga. Pensé que, a esas alturas, las abuelas habrían sido víctimas de las inyecciones al menos más de dos o tres veces.

Mamá nos recibió con un beso y un apretón cariñoso. Estaba triste y llorosa.

—Las abuelas sufrieron un ataque cardíaco similar. Una de ellas murió y la otra no ha recuperado el conocimiento. Por lo tanto, no hemos podido identificarlas y aún no sabemos por quién llorar.

—¡Qué importa quién sea, igual tengo muchos deseos de llorar, mamá! —dije en un suspiro.

—¡Constante podría identificarlas inmediatamente! —Manuel gritó como si estuviera en el centro de una plaza pública y mamá le hizo señas de que bajara la voz. Mi hermano estaba muy nervioso.

—Constante no puede entrar al hospital. —Respondió mamá.

—Pero en un caso como éste…. —Manuel miraba a mamá como si se le fuera a escapar—. Quizás los médicos comprendan. Pueden hablar con el director.

Mamá quedó pensativa.

Constante es un perro bello y muy educado. Es la pasión de la tía abuela Amalia. No cumple con los requisitos necesarios para inscribirse en la sociedad de animales de raza pura, pero la tía abuela ha repetido con orgullo que la mejor raza es la raza del alma y que es a esa a la que él pertenece.

—Hazlo, mamá… Conversa con el director del hospital y dile que permita entrar a Constante… —Manuel no se daba por vencido.

—Y quizás… pero… ¿Y si esperamos a…? —Mamá no sabía qué decir. Su boca andaba diciendo cosas que sus ojos no veían.

La realidad era que todos queríamos saber qué abuela había muerto, pero a la vez hacíamos lo posible por no llegar al momento de las definiciones.

—Si muere la abuela Amelia –continuó mamá—, papá y tío quedarán huérfanos de madre y eso siempre es muy triste aunque uno sea una persona mayor. Si fue la tía abuela Amalia, todos sentiremos mucho su ausencia, precisamente porque nunca tuvo hijos y la queremos como a una madre. La situación es muy compleja… —concluyó, acariciándonos las mejillas.

Al fin, los médicos llamaron y todos entramos a la habitación en la que descansaba una de las abuelas gemelas.

Por primera vez, en mis diez años, sentí la necesidad de no ser igual a otra persona.

Todos miramos a la paciente incógnita.

¿Por qué no me habré fijado antes que el párpado izquierdo está más caído que el derecho? Pero, ¿las dos tienen el párpado caído? Y la boca… ¿cuando la abuela Amelia sonríe sus labios se van hacia un lado? ¿Y las cejas…? ¿Ese claro en las cejas que parece hecho por algún golpe? No es posible, aunque sean gemelas, que las dos tengan esa pequeña cicatriz… ¿O sí…? En la oreja derecha nunca vi ese piquito… Claro, a las mujeres casi no se les ven las orejas porque tienen mucho más pelo que los hombres, pero… ¿Y entonces …?

—¿Qué sucede? ¿Por qué me miran así? —la paciente incógnita nos hizo reaccionar.

Papá se acercó a la cama, le tomó una mano y se sentó a su lado.

—La situación es muy difícil. Anoche… —y papá contó la historia con la mayor cantidad de detalles posible.

La abuela incógnita lo escuchaba en silencio.

Manuel y yo no perdíamos ninguna de sus reacciones, pero nada aparecía en claro. Por más que nos esforzábamos, era imposible determinar si era la tía abuela Amalia o la abuela Amelia la que escuchaba con aquel rostro que iba dibujando una profunda tristeza.

—Qué absurdo. Una de nosotras ha muerto por un rabo de ese. Desastre, desastre, desastre… —y con la misma se cubrió con sus manos y se escaparon por sus dedos muchas lágrimas iguales.

Nadie se atrevió a pedirle que dijera su nombre. Era la única que sabía por quién llorar y lo hizo con mucho desconsuelo. Empecé a sentir que si por casualidad aquella era la abuela Amelia y quien había muerto era la tía abuela Amalia, lo mismo daba en cuestiones de tristezas. Las dos eran maravillosas y deseaba con todas mis fuerzas que vivieran por siempre.

¡Qué triste momento!

Papá y tío Aloy la abrazaron y ella se tranquilizó.

Sin quererlo, volvíamos al inicio: los seis, que parecíamos tres, frente a la incógnita, en espera de una señal reveladora de la verdadera identidad.

La abuela, una de ellas, levantó la vista y miró en silencio a mamá, luego a tía Dalia, a papá y un segundo más tarde al tío Aloy.

Ella sabía por qué estaba siendo examinada y qué buscaban nuestros ojos en su rostro. Inmediatamente después nos miró a Manuel y a mí, hizo un suave gesto para que nos acercáramos y fuimos corriendo a colocarnos a cada lado de la cama.

—Deben perdonarnos a las dos. Nadie tiene derecho a ausentarse por un asunto tan absurdo como el rabito de una ese y, mucho menos, a privarse del gusto de ver crecer a dos muchachos como ustedes… Creo que, desgraciadamente, las dos perdimos el juego más importante de nuestras vidas. Habrá que colocar flores blancas y lindas a la memoria de la tía abuela Amalia.

Y como si hubiera dicho: ¡en sus marcas, listos, fuera!, todos abrazamos a la abuela Amelia con una triste alegría de que fuera ella la abuela viva.

Mamá y tía Dalia no paraban de hablar buscando palabras de consuelo. Papá y el tío Aloy daban gracias a Dios de que estuviera entre ellos y se recuperara tan bien. Mi hermano Manuel besaba sus manos con tanto cariño que me sorprendió. A mí me habían desplazado poco a poco y ahora permanecía en un extremo de la cama pensando si a la abuela Amelia le gustaba que estuviéramos tan contentos.

Nuestras miradas tropezaron y nadie fue testigo de ese encuentro.

Los ojos de la abuela entraron en los míos. Primero, como si buscaran una respuesta que yo no estaba preparado para darle. Luego, como pidiendo un perdón que no alcanzaba a entender y, por último, como agradeciendo mi silencio triste por la tía abuela Amalia, a pesar del abrazo tan cálido que le di cuando declaró su identidad.

Capítulo tercero
Papá pierde la llave y descubro el amor insólito de la abuela y Constante

Después de la muerte de la tía abuela Amalia, la casa estuvo muy triste.

La próxima olimpiada, que coincidía con el cumpleaños de papá y tío Aloy, se suspendió porque todo nos recordaba a la tía abuela y nos entraban unos deseos tremendos de llorar por cualquier bobería.

Así son de tristes las horas cuando se ausenta para siempre una persona querida.

Se camina en silencio por los pasillos, todos piensan más de lo que hablan, alguien frente a un espejo busca como si hubiera visto una sombra y hay horas del día o de la tarde en que parece que la persona que se marchó va a regresar. Son días de mucho silencio porque faltan palabras y la casa se convierte en un pozo profundo por el que todos caminan desorientados.

Solo habían pasado dos meses.

Cada noche la abuela dejaba que Constante hiciera un recorrido rápido hasta la Pequeña Gemela. Esta era la casita de la tía abuela, pero de ella hablaré después.

Constante debe extrañar mucho a la tía abuela, pensaba yo. Ella jugaba a toda hora con él y a la abuela Amelia no le gustan los perros. Pobre Constante…

Como era domingo, el último de las vacaciones, mamá le propuso a papá pasarnos el día en la playa con los tíos.

Papá y el tío insistieron mucho en que la abuela nos acompañara, pero ella se negó.

Prefería estar sola y esperarnos con la comida preparada. Dijo que hacíamos muy bien; que la vida no podía detenerse por la ausencia de alguien; que ya era tiempo de ir abandonando el silencio de la muerte y que estaba segura de que la tía abuela se alegraría al vernos disfrutar de nuevo.

Y nos pasamos el día en el mar.

Mamá le había advertido a papá, en más de una ocasión, que si no echábamos gasolina, al regreso de la playa nos quedaríamos a pie.

En mis diez años, cada vez que ella le sugiere este tipo de idea a él, invariablemente se cumplen sus predicciones e, invariablemente, mi padre se pone bravísimo.

—Ya sé que la culpa es mía —dijo papá enojado.

También es verdad que cuando a mi madre se le cumple una predicción, sobre todo si tiene que ver con él, se lo echa en cara un buen rato de manera burlona y hace cómplice a todos a su alrededor.

—Ya sé que tú sí eres perfecta, Delia— esto último por supuesto lo dijo en tono sarcástico. A él nunca le pasa por la mente que ella sea perfecta. Si alguien está convencido de la imperfección del mundo es él y mamá es parte del mundo.

El auto estornudó dos o tres veces más como estornudan los autos cuando se quedan sin gasolina y papá dio la orden de bajarse a empujar.

—¿A empujar? –mi madre lo miró con una risita que mi padre siempre hace por no ver—. Yo no puedo creer que no tengas en el maletero ni unos pocos litros de gasolina para una emergencia…

—Solo son cinco cuadras— eso fue lo único que dijo y abrió la puerta.

—¿Quieren que traiga el tonelito de gasolina del garaje de la casa? Puedo ir y venir en un par de minutos –dije tratando de evitar una discusión entre mis padres, pero…

—De ninguna manera. Los niños no cargan gasolina —mamá echó por tierra mi proposición en menos de lo que uno multiplica dos por dos—. Bájense.

El tío, la tía, mamá, mi hermano y yo, ocupamos nuestras posiciones para empujar el auto mientras papá, con un brazo, dirigía el timón.

—¡Ayúdame, Eloy!

—¿Qué sucede? —papá frenó de un tirón.

—¿Qué sucede? —gritaron al unísono los tíos sorprendidos por el frenazo.

—¿Qué sucede? —gritamos Manuel y yo y casi no llegamos a tiempo para auxiliar a mamá que se caía.

Papá la tomó en sus brazos, la sentó dentro del auto y la hizo apoyarse en el timón.

Como si todos nos hubiéramos puesto de acuerdo, con un pedazo de algo le echábamos fresco sin dejar de mirarla.

—Me siento mejor... Creo que me siento mejor... —mamá repetía una y otra vez eso de "me siento mejor", pero, mientras mejor se sentía, según ella, con más preocupación miraba a papá.

—Fue el olor a guayaba... Fue el olor a guayaba... No puedo ni pensar en la palabra guayaba... Ay, Eloy... la guayaba...

La tía Dalia movía la cabeza a un lado y a otro.

El tío Aloy respiró profundo.

Papá no dejaba de mirar a mamá y repetía como un tonto: "El olor a guayaba... El olor a guayaba... No estaba en los planes el olor a guayaba".

Mi hermano y yo nos mirábamos sin poder entender el conflicto familiar que había desatado el olor a guayaba. Era como si hubiera aterrizado un platillo volador delante de los ojos de mamá, papá y los tíos. Pobre fruta, pensé y terminé diciendo:

—Es cierto que el olor a guayaba es insoportable. Hasta yo tengo náuseas, pero no hay que exagerar —y todos rompieron en una carcajada incontenible que Manuel y yo entendimos casi tres semanas después.

Al fin, con mamá al timón y nosotros empujando atrás, logramos conducir el auto hasta la gran puerta de rejas.

Nuestra casa no se parece a otras.

La familia vive en este terreno desde los tiempos en que las tatarabuelas Eslinda y Erlinda eran dos pulgas de pequeñitas. Desde entonces, primero con piedras grandes, una encima de la otra; luego con estacas clavadas en la tierra y unidas por alambres y ahora por una altísima cerca de metal, nuestra propiedad siempre estuvo protegida del mundo. Pero bueno, no es exactamente esta la razón por la que es diferente, casi todas las casas de familia tienen bien delimitados sus confines. La razón es otra. Desde los tiempos de las tatarabuelas se construyeron dos casas iguales, como dos torres, dentro del extenso terreno. Una de ellas es lo suficientemente grande como para que la familia viva junta toda la vida sin molestarse, y la otra, muy pequeña, para cuando los parientes anunciaban su visita de verano.

Las dos construcciones son idénticas, tanto, que mi hermano y yo jugamos durante horas a buscar algún detalle que las diferencie. Pero es inútil, parecen haber sido levantadas por las manos de un

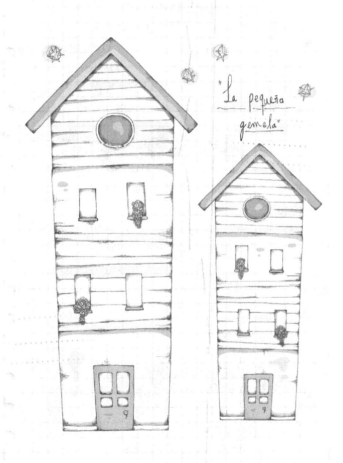

"La pequeña gemela"

hacedor de rompecabezas y no por alba-
ñiles y carpinteros.

Con el tiempo, la Pequeña Gemela
—como llaman desde los días de las tatarabuelas a la réplica de nuestra casa— fue
quedando cada vez más sola.

Mamá nos cuenta que mucho antes de
nosotros nacer, los parientes se fueron a
vivir a otro país y los dos o tres que quedaron, antes de volver a visitar a la familia, murieron de nostalgia por los que
habían partido. Papá nos explicó que eso
de ir a vivir a otro país por razones que
él llamó políticas es el exilio, y que el
exilio es triste porque uno deja de ver a
los amigos, cambia de cielo y a veces de
idioma.

El asunto es que la Pequeña Gemela
quedó sola hasta un verano en que Constante y la tía abuela Amalia decidieron
habitarla. Después de la muerte de la tía
abuela, la casita volvió a quedar en silencio y perdía, poco a poco, su olor a pasteles horneados.

Dicen que los perros enferman de
tristeza cuando sus amos los abandonan,
pero Constante había asumido la ausencia de la tía abuela con cierta indiferencia
y no hizo otra cosa que sustituirla por la
presencia de la abuela Amelia, a quien

nada le agradaban los perros. La abuela protestaba cada día a causa de los pelos de Constante haciendo montoncitos en los rincones, pero lo mantenía bien alimentado y limpio.

Esa tarde todo iba en contra de papá y a favor de las certeras predicciones de mamá.

Papá estuvo unos veinte minutos buscando la llave de la cerradura de la gran puerta de rejas. Buscó en sus bolsillos, debajo de los asientos, en el maletero, en la mochila de avíos de pesca, dentro del traje de bucear, en las patas de rana, dentro del bolso de mamá, en la guantera, en los bolsillos del tío, en el sombrero rosado de la tía, en los bolsillos de las batas de baño de mi madre y mi tía. Papá rastreó los cinco bloques por donde caminamos y buscó en la hierba, y se agachó en el pavimento esperando encontrar algún indicio de reflejo brillante por el sol que recordara la forma de una llave. Regresó las cinco cuadras y se colocó las manos en las caderas dejando escapar todo el aire que tenía en los pulmones. Los pulmones de mi padre son grandes porque nunca ha fumado y desde jovencito se entrena en la pesca submarina.

Me dio mucha lástima su situación.

Hizo todo lo posible por evitar la pregunta de mi madre, pero fue inútil.

—¿Tampoco tienes la llave, Eloy...? —y le echó una miradita de desesperación a la tía Dalia—. Será verdaderamente romántico quedarnos cuidando el auto, fuera de casa, a la luz de la luna.

—No he dicho que perdí la llave. Debo haberla dejado en el otro pantalón —y masticaba cada palabra tratando de no enfurecerse—. En todo caso, si la perdí, debe existir otra en el racimo.

Entonces, suspiró y miró al infinito. Cuando papá mira así, es preferible no preguntar. En ese instante está muy lejos y seguro hace un esfuerzo extraordinario por buscar soluciones que, a la larga, no sirven de mucho.

Pero era cierto. La abuela debía tener una llave igualita en el racimo de llaves que cuelga en la cocina. También era cierto que esta era la cuarta llave que papá desaparecía como por arte de magia. Una tarde mamá le preguntó que si él era el lobo de la Caperucita, que le encantaba tragarse la llave. Ese día había fiesta y a papá y a todos nos dio mucha risa, pero mamá sabía que en ese momento el horno no estaba ni para caperucitas ni para lobos hambrientos y no dijo una palabra más.

Cuando mi padre regresó de su profunda meditación me dijo algo que ya todos habíamos pensado hacía quince minutos:

—Salta la cerca del fondo y pídele la llave a tu abuela.

—¿Puedo ir con él? —preguntó mi hermano tratando de escapar.

—No... —papá movió la cabeza apesadumbrado y se agachó mirando la goma trasera de la máquina—. Hace falta que tú y Aloy me ayuden a sacar esta goma.

—¿También estamos ponchados? —Mamá se acercó a él, pero esta vez parece que tuvo lástima de su mala suerte y sólo le acarició la cabeza sin hacer la pregunta fatal: "¿Acaso tienes goma de repuesto, Eloy?".

Corrí al encuentro de la abuela con la esperanza de que en el racimo existiera la quinta llave.

Nuestra casa está llena de candados y llavines por todas partes y a todos los escaparates y armarios les funcionan perfectamente sus cerraduras porque los esposos de las tatarabuelas fueron excelentes cerrajeros y adoraban que las cosas abrieran y cerraran como es debido. Por esa razón, cada cerradura tiene tres o cuatro llaves iguales y el racimo, cerca de cien de ellas clasificadas. Algo así como si hubieran previsto la llegada al mundo de nuestro papá.

Entré a casa por la puerta trasera de la cocina y en medio de la calma, cuando iba a gritar: "¡Abuela!", escuché un murmullo y una risita que me hicieron caminar en el más profundo silencio.

Intenté guiarme por la voz sin hacer un tin de ruido.

Ahora, no sólo escuchaba la voz suave y melodiosa de abuela, que reía como en un juego, sino también gruñiditos y soplidos que le respondían con mucho entusiasmo.

Subí lentamente las escaleras y la puerta del cuarto estaba entreabierta.

Me acerqué y miré por la hendija.

El corazón me dio un zapatazo en las costillas. La abuela Amelia jugaba con Constante sobre su cama, sin importarle que estuviera acabado de bañar y le empapara las sábanas. Constante corría de aquí para allá como un demonio por toda la habitación y saltaba por encima de la abuela que, en el suelo, se lo quitaba de arriba ahogada de la risa. La abuela lanzaba una zapatilla y Constante se la traía. La abuela gritaba: "¡Perro bello! ¡Constante precioso!". ¿La abuela se había vuelto loca?

Sin avisar, Constante se detuvo, miró hacia donde yo estaba y empezó a ladrar. Sentí a la abuela incorporarse del suelo y llegar hasta la puerta. Le faltaba un poco el aire y respiraba con dificultad. Me miró profundamente a los ojos —como aquella vez en el hospital— y, tras una pausita, colocó su mano en mi cabeza.

Caminó hacia la escalera arreglándose la bata de casa y dijo:

—No los sentí llegar.

—Papá perdió la cuarta llave del candado de la reja y no hemos podido entrar el auto. Pregunta si tú tendrás una quinta.

—Nunca hubo cinco llaves iguales en esta casa. Dile a tu padre que dé cuatro martillazos o que busque a un cerrajero —y con la misma me entregó un martillo que pesaba una tonelada—. ¿Por qué me miras así?

Constante, después de olerme por todas partes moviendo la cola, se acercó a mi abuela, loco por seguir jugando.

—¡Basta ya, perro! —lo alejó ella con sus piernas—. No se puede dar confianza a un animal de estos, porque enseguida se equivoca.

—Iré a llevarle el martillo a papá. A mamá no le gustará nada que no exista la quinta llave. Además, viene sintiéndose mal a causa de un maldito olor a guayaba.

—¿Olor a guayaba dijiste?

—Sí, a mí también me dio un poco de náuseas —cuando dije esto, abuela se echó a reír y me abrazó muy cariñosa.

—Sospecho que tus náuseas y las de tu mamá no se deben a lo mismo. Corre a llevarle el martillo a tu padre —y ya tenía los pies en la escalerita del fondo cuando me detuvo nuevamente—. A veces hay que ser un poco cariñoso con los animales para que no extrañen demasiado. A ellos no se les puede explicar lo que sucede.

Y me fui.

Capítulo cuarto
Con un pie en el psiquiatra
y la lista en una mano

A los animales no se les puede explicar, pero Constante parecía entenderlo todo. O mejor, Constante parecía saber y entender cosas que ninguno de nosotros sabía ni entendía.

Y era cierto, los animales no entienden. Pero era tan extraño que la abuela Amelia se revolcara en su cama con Constante empapado en agua…

En fin, a nadie conté este episodio de la abuela y Constante. Solo a mi hermano cuando, unos días después, la abuela empezó a tener conductas aún más extrañas y todo indicaba que perdía la cabeza por segundos.

—No es posible que olvide dónde está la nuez moscada, Amelia. Es usted la única que la utiliza —dijo mamá un poco molesta porque era el tercer condimento que necesitaba esa mañana y la abuela no sabía dónde encontrarlo.

También por tres veces la abuela buscaba lo que se le pedía en la cocina de la Pequeña Gemela y allí sí daba en el blanco. Pero lo que sacó a mamá de sus casillas fue que la abuela no recordara, en lo absoluto, haber guardado la tela de hilo azul cielo.

—¿Podrías decirme cómo es la tela y cuándo me la diste?

—Hace apenas unos meses, Amelia. Recuerdo que nos sentamos en la sala, tomamos un poco de té frío con limón y vimos algunos modelos —mamá hacía lo imposible por no perder la paciencia.

—Quizás esté en el escaparate… —sugirió abuela con suavidad.

—Precisamente, dijo que en el escaparate no la guardaría porque… —mamá hizo un gesto de desagrado por lo que iba a decir— porque a Amalia le gustaba registrarlo todo y convertir preciosas telas en lazos para perros callejeros.

El rostro de abuela palideció. Su labio inferior dio dos saltos imperceptibles y el ojo izquierdo se cerró a medias, como si fuera el ojo de un cañón que calibra su objetivo.

—¿Así que yo fui capaz de decir que Amalia me robaba telas del escaparate?

—No dijo exactamente eso, Amelia, pero usted sabe cómo era Amalia, la pobre. En fin, olvide la tela azul cielo— y con la misma mamá entró a su habitación.

Yo permanecí agachado en la escalera y vi cómo la abuela quedó inmóvil durante casi tres minutos. Hizo un gesto mínimo con la mano derecha, el mismo gesto con el que nos invitó a mi hermano y a mí a sentarnos a su lado en el hospital, pero esta vez no era a nosotros a quien llamaba, sino a Constante.

Con mucho trabajo alcancé a escuchar el final de una frase entrecortada:

—...así que lazos para perros callejeros... —y extendió el brazo cerrando suavemente la puerta.

Ese día estuve toda la tarde pensando en cómo sería eso de perder la memoria.

¿Será que tenemos enanos dentro de la cabeza con los bolsillos llenos de gomitas de borrar? ¿Será que esos enanitos envejecen y se empiezan a quedar dormidos? Continuamente trato de que nada se me olvide... Si mamá sonríe es tan linda... Correría toda mi vida, junto a Manuel, por la orilla del río. Yo sé que nunca llegaremos al sol, pero él me lo hace creer y yo se lo creo... Cuánto daría por ver bailar a las abuelas, tomadas de las manos, ahogadas de la risa, como en aquella fiesta de año nuevo... al menos, una vez más... Solo tío Aloy conoce tantos cuentos de fantasmas... y solo papá podrá quitarnos el miedo por las noches... Si la tía sonríe se parece tanto a mamá... Y así, intento no olvidar muchísimas cosas más: hasta ahora, he visto unas ochenta películas, he contado unos cuarenta yates en el horizonte, tenemos una colección de ciento cincuenta y ocho caracoles y dos álbumes con más de trescientos sellos.

Todo en mi cabeza, guardado como un gran bolsillo que cierro y abro rápido para que nada escape.

La abuela dice que cuando uno es mayor empieza a olvidar los detalles. Tengo miedo a crecer. Si a uno se le olvidan estas cosas... ¿de qué se acordará?

A la mañana siguiente me despertaron los toques en la habitación de la abuela. Miré para la cama de Manuel y la encontré tendida y perfecta. Resulta que yo era el único bajo las sábanas y el mundo familiar estaba tan agitado que ni mamá vino a despertarme para ir a la escuela.

—¿Qué sucede? —pregunté en medio del desconcierto, pero nadie atinó a responderme. Fui hasta el baño y me encontré con Manuel—. ¿Qué sucede?

—La abuela ha perdido la memoria y no quiere ir al médico. Está encerrada en su habitación con Constante que está hecho una fiera —contestó Manuel y se enjuagó la boca.

—Pero ¿qué hizo la abuela para que se arme este escándalo? —insistí.

—No sabe dónde está nada de nada. Cada vez que da una respuesta de dónde está una cosa, lo encuentran en la estantería de la Pequeña Gemela y no en los estantes de aquí. Parece que la abuela está frita como una croqueta —mi hermano se secó la cara y salió del baño haciendo brinquitos con las cejas.

Manuel hablaba como si la abuela sin memoria no fuera su abuela. Como si cada uno de nosotros no fuera parte de la memoria de la abuela.

Salí corriendo del baño y entré en nuestra habitación.

—¿No vamos a la escuela hoy? —pregunté un poco aturdido.

—Mamá y papá han dado órdenes estrictas. Iremos al hospital y todos debemos estar preparados frente al garaje en veinte minutos.

—Pero ¿por qué tenemos que llevar todos a la abuela? ¿Acaso hay que llevarla cargada?— Es terrible no entender qué sucede cuando uno acaba de despertar después de ocho horas de sueño.

—¿Estás loco, Fanuel? ¿Cargar a la abuela? El asunto, dice papá, es que el loquero querrá conversar con cada uno de nosotros para tener una idea general de la familia —esto último lo dijo con un orgullo tremendo de ser considerado como elemento de interés para un hospital.

—Sigo sin entender. ¿La abuela perdió la memoria o se volvió loca?

—Parece que tiene todo junto. No sabe dónde guardó nada y duerme con Constante en su habitación.

Me dejé caer suavemente en mi cama y miré a Manuel que no paraba de acicalarse.

—Yo no iré a ninguna parte —dije.

—Papá dice que iremos todos.

Era la primera vez que mi hermano y yo no estábamos de acuerdo en algo.

—Si la abuela no abre la puerta tampoco irá ella.

Manuel me miró y se sentó a mi lado como si me hubiera escuchado en ese momento por primera vez.

—¿Crees que hacemos mal llevándola al hospital?

—Creo que no se debe obligar a nadie a hacer lo que no desea.

—¿Ni a los locos?

Ahora Manuel volvía a ser Manuel y no aquel tonto que hablaba y hablaba sin pensar en las consecuencias.

—Abuela necesita ayuda. Ha perdido a su hermana y como está sola, no sabe exactamente quién es… —le miré a los ojos con todas mis fuerzas tratando de convencerlo y le conté mi secreto.

—¿Y por qué no me habías dicho nada? —dijo sorprendido.

—Tuve miedo de descubrir a la abuela. Pero si la hubieras visto: era como estar viendo a la tía abuela.

—¿Y no has pensado que papá y mamá puedan tener razón y que cuando tratemos de ayudarla no recuerde que somos sus nietos?

Un escalofrío me recorrió la espalda, una ola de hielo. No soportaría que la abuela se olvidara de nosotros. Nunca había pensado en esa posibilidad. Debe ser terrible mirar a los ojos de alguien que uno quiere mucho y que sus ojos no devuelvan cariño, sino olvido.

—Ella nunca haría eso —dije con firmeza.

—Ayudarla será casi imposible. Allá afuera se preparan todos como un ejército que parte a la guerra —Manuel estrujó los labios.

Cuando mi hermano estruja los labios así, es que está decidido a encontrar una solución.

—¿Se te ocurre algo? —pensé que era excelente tener un hermano como él.

Conversamos unos minutos de las ventajas y desventajas de su plan, y luego nos separamos. Manuel saltó al alero que rodea las habitaciones superiores de la casa y se perdió por un costado, rumbo a la habitación de la abuela. Debía encargarse de Constante.

Yo agarré mi bolígrafo de la escuela y arranqué dos hojas del cuaderno de historia. Después, tratando de no ser visto, gané las escaleras al primer descuido del ejército enemigo.

A mi regreso de la planta baja, la guerra de los padres y los tíos se había desatado. Estaban tan concentrados en convencer a la abuela de que abriera la puerta que ninguno tomó en cuenta mis movimientos dentro de estantes, escaparates y armarios. Al fin, terminé la extensa lista con los datos más importantes y volví a entrar a mi habitación, cerrando la puerta con pestillo.

Me detuve unos segundos. Constante ya no ladraba.

Esa era la señal.

Entrábamos en la segunda parte del plan.

Con mucha cautela, pasito a pasito, me deslicé por el alero hasta la ventana de abuela, que permanecía abierta de par en par y las patas de Constante estaban marcadas en los marcos blancos.

—¡Cuidado no te caigas! —abuela me susurró y sonriendo extendió sus brazos para ayudarme a entrar.

—Aquí está la lista —le entregué una copia y guardé para mí el original—. Es bastante larga… ¿te la podrás aprender?

Abuela se ajustó los lentes y la examinó intensamente. Las voces de los padres y los tíos no parecían terminar nunca.

—Si dejaran de gritar, te podrías concentrar mejor. Cuando estudio, agradezco el silencio a mi alrededor —dije molesto con los de afuera.

—No importan los gritos. Ya no los oigo —Abuela no levantaba la vista del papel—. Debí imaginármelo…

—¿Qué? —pregunté con la pasión de quien está en la primera línea de combate.

—Debí imaginármelo… —se quitó las gafas suavemente—. Siempre colocó las cosas en el lugar opuesto. Vete ya. Les prometo que todo saldrá bien.

No entendí por qué la abuela debía imaginarse algo mientras revisaba mi lista, ni quién colocaba cosas en lugares opuestos sin que ella lo supiera, pero obedecí como un soldado. A veces la abuela, los padres y los tíos utilizan las palabras de manera extraña y en lugar de hacernos entender, lo desordenan todo dentro de la cabeza.

Cuando volví al alero, Manuel me hizo la señal acordada desde la Pequeña Gemela. Constante estaba a salvo a pesar de haberse lanzado desde la primera planta.

Todo iba bien.

En unos minutos se iniciaría la tercera parte del plan y la más arriesgada.

Ya estaban colocando una pata de cabra para forzar la puerta cuando me presenté lista en mano.

—Propongo hacer una dura prueba a la memoria de la abuela. Quizás no esté tan mal como pensamos, y nos ahorramos el viaje al hospital y todo este escándalo.

—¿Qué prueba? —preguntó papá con cara de pocos amigos.

—Hice una lista con las principales cosas de la casa. La lista contempla el objeto y el lugar donde se encuentra guardado… —Mamá no me dejó terminar y me quitó la hoja de la mano—. Con la lista ante nosotros, podremos saber si la abuela recuerda o no.

Cuando terminé la frase, ya los padres y los tíos leían ansiosamente. Había logrado interesarlos en el asunto.

—Absurdo —mamá soltó la lista y miró a papá—. Inútil, absolutamente inútil. En esa lista está mi tela azul cielo y recién ayer no recordaba haberla visto nunca.

—Quizás su amnesia no sea total, sino parcial —dijo tía Dalia y no pude definir de qué parte estaba—. Pero eso de dormir con el perro…

Ya, clarito como el agua: la tía Dalia quería llevarla al hospital.

Papá me miró como si no me viera, empezó a morderse el labio y calibró un poco la pared de enfrente entrecerrando los ojos. Cuando papá se muerde el labio, queda en silencio y calibra su más cercano horizonte, es que tocan los quince minutos de meditación en busca de la mejor solución posible.

Mamá a veces sufre con esos quince minutos. Aquella era una de esas ocasiones.

Ella siempre teme a las soluciones desacertadas de papá, pero por otra parte sabe que él necesita su tiempo y se pone de muy mal humor cuando es interrumpido.

—Daremos una oportunidad a la abuela —concluyó mi padre y respiré profundo.

—¿Quién le hará la prueba? —preguntó tío Aloy, desesperado por terminar la maniobra que lo tenía en pie desde el amanecer.

—¿Puedo hacerla yo? —cuando dije yo, se me quebró la voz.

Estaba muy nervioso.

Mamá iba a negar con la cabeza, pero papá la detuvo:

—Mejor que sea él. Si la hacemos nosotros, pensará que es una trampa y tampoco abrirá.

Tía Dalia me entregó la lista y toqué a la puerta.

—Soy yo, abuela, Fanuel. ¿Podrías abrir la puerta, por favor?

La puerta se abrió suavemente y apareció la abuela.

—¿Dónde está Constante? —preguntó papá como un disparo al ver que el perro no asomaba la cabeza.

—Constante se equivocó de dueña. Quiso dormir en mi cama y lo hice volar por la ventana.

—¿Enloqueciste, mamá? ¿Lanzaste al perro por la ventana? —Papá no podía creerlo, pero, por otra parte, era bueno escuchar aquella respuesta. Era una respuesta propia de la abuela en su más sano juicio.

—Ya saben que no me agradan los perros. Nunca me agradaron y no me van a empezar a gustar después de vieja.

Las respuestas de la abuela eran cada vez más expresivas de su buena memoria.

—Pobre perro… —susurró mamá.

Abuela le sostuvo la mirada.

"Ay, mamá", pensé yo. "Si dice que le adornó el lomo con un lazo de colores hubieras susurrado: pobre Amelia…"

Nunca se queda bien.

—¿Qué desean? Ya es hora de que termine este escándalo —Abuela iba perfecta en su actuación.

—Se me ha ocurrido un juego —le dije—. ¿No te ofenderás si te pido que demuestres tu excelente memoria? —La escena transcurría como si hubiéramos ensayado durante semanas.

—En lo absoluto. Es lógico que a cierta edad le empiece a patinar la memoria a una y que los que te rodean quieran estar seguros de no comer un pollo condimentado con veneno para cucarachas, por poner un ejemplo. Tú dirás.

—Bien… ¿Dónde se encuentra guardada la pimienta blanca?

—En el primer entrepaño del estante de la cocina. En un pequeño recipiente de cristal.

—¿Dónde guardas los hilos de coser?

—En una cesta de mimbre que tiene tijeras, alfiletero y dos o tres dedales. La tapa de la cesta está deplorable y sería bueno que alguno de mis hijos se ocupara de repararla.

La abuela era un as respondiendo el extenso cuestionario.

Mamá no dejó de mirarla un segundo y papá pasaba de morderse el labio a comprobar en mi hoja que las respuestas eran correctas.

Tía Dalia echaba miraditas entrecortadas al tío Aloy con un poco de pena.

Si a ellos les hicieran la tercera parte de ese cuestionario, ninguno daría en el blanco. Así es la vida de injusta.

Si a mí se me olvida que mañana tengo clases de matemáticas, es falta de interés; pero si una abuela no recuerda dónde guardó los espaguetis, se está poniendo vieja.

Fue papá quien dio por terminada la prueba.

Después de ocho o diez respuestas le pareció suficiente y se disculpó con la abuela.

Pero mamá sintió algo extraño en el ambiente. Ella es como los gatos con el pescado, siente el olor a doce cuadras. Cuando mamá se pone alerta y presiente algo, los ojos se le ponen chinos y a mí me tiemblan las piernas. El caso es que debería callarse aunque sepa que hay pescado cerca.

—Disculpe, Amelia… Discúlpeme que insista. ¿Acaso recordó algo sobre mi tela de hilo azul cielo?

La abuela la miró en silencio. Mamá estaba disparando la pregunta veintiséis del cuestionario. La maldita pregunta veintiséis casi se salía de la página, era una de las últimas. Debí imaginarme que mamá insistiría en encontrar su tela de color azul cielo.

Mamá fue más lista que yo.

¿Por qué no escribí de primera esa pregunta fatal? Me sentía tan culpable y tonto que sólo atiné a contemplar a la abuela en su mutismo. Era como si todos estuvieran halando una cuerda: abuela en un extremo, los tíos y los padres en el otro y yo, desgraciadamente, en el medio. No era posible que la abuela saliera de esta. Ni yo recordaba donde encontré la tela azul cielo cuando estuve haciendo la relación de objetos. La tela de mamá lo echaba todo a perder.

Con un gesto rápido y nervioso me dispuse a verificar la respuesta, pero mamá me quitó la página, la leyó, dobló la hoja y la guardó en su bolsillo derecho.

La abuela seguía mirándola sin decir palabra. Todo era inútil.

De pronto, salió caminando escaleras abajo hasta el armario del cuartico de costuras.

Seguimos sus pasos en silencio.

Parecía estudiar el mueble de caoba como si en vez de ojos tuviera rayos. Sonrió, dio media vuelta y abrió el estante donde se guardan las lonetas del campismo. Ahí, en la tercera gaveta, debajo de dos sábanas a cuadros, estaba la tela azul cielo.

Abuela la tomó en sus manos y le hizo la entrega triunfante a mamá:

—Mejor la guardas tú. Estará más segura en tu cuarto.

—No quise ofenderla, Amelia.

Abuela apuntó el *hit* más estelar del partido y Manuel debía saberlo inmediatamente. Habíamos ganado un juego dificilísimo.

La abuela no iba al hospital, se quedaba en casa.

Capítulo quinto
Aparece un amor irresponsable
y se despeja la incógnita del olor
a guayaba

Pero con la misma intensidad que me alegré del triunfo rotundo de la abuela frente a los padres y los tíos, empecé a sentir que compartía con ella una silenciosa complicidad que no alcanzaba a entender en toda su dimensión.

Que a la abuela no le resbalaba el coco era asunto claro y concluido para toda la familia, pero yo sabía que eso no era del todo cierto. Si no hubiera sido por la lista que leyó y releyó a última hora, no habría contestado ni una de las preguntas.

Comenté mi preocupación con Manuel, pero él ya había enterrado el asunto y no le interesaba para nada dedicarle ni medio segundo más.

—Allá la abuela si quiere engañarse a sí misma —dijo Manuel y terminó de ajustar las correas de su mochila.

Era un fin de semana espléndido para irnos de campismo.

El Instituto de Meteorología hizo un pronóstico favorabilísimo a nuestros planes: temperaturas altas, cielo despejado, mar ligeramente movida y fresco durante la noche.

Mamá y abuela nos despidieron en la puerta de rejas deseándonos deliciosos baños de mar. La abuela preparó dos casas de campaña: una para el tío, Manuel y yo, y otra para la tía Dalia.

—Le cosí una ventanita más grande de tela de mosquitero. Así no entrarán bichos ni pasarás calor —dijo abuela dando palmaditas sobre la mochila de la tía.

—Gracias, Amelia, muchas gracias —respondió la tía con una sonrisa encantadora y le dio un beso de despedida.

A partir de este momento, todos empezamos a besarnos.

En nuestra familia sucede que sabemos cuándo se inicia una despedida, pero no cuando termina. Nos despedimos como si no nos fuéramos a ver nunca más y eso trae como consecuencia que nos besemos una y otra vez y nos digamos: "bueno, cuídense" otras tantas. Para cualquiera de nosotros, despedirnos es algo agotador.

Era el amanecer de un sábado.

—¡Un beso a papá! —gritamos mi hermano y yo al unísono. Esto nos pasa mucho. Entre gemelos, no hay nada más frecuente que el unísono.

—¡Será dado! —respondió mamá sonriendo mientras hacía adioses con su mano derecha.

Mamá es muy linda cuando se acaba de levantar. Tiene los ojos asombrados y sonríe por cualquier cosa como si no entendiera nada. Es agradable mirarla cuando está así. Parece una niña que despierta por primera vez.

—¡Cuídense bien! —gritó la abuela, casi convertida en un punto lejano, levantando los dos brazos para decirnos adiós… ¿Levantando los dos brazos para decir adiós? La abuela Amelia siempre se despidió con el brazo derecho, igual que papá.

Me detuve un segundo y la miré.

Estaba demasiado lejos, pero, diciendo adiós… ¡cuánto se parecía a la tía abuela Amalia!… ¡Maldito rabo de ese!

—¡No te quedes atrás, Fanuel! —gritó el tío.

Y corrí a igualar el paso de mi hermano.

El mar estaba azul como la tela de mamá.

Tía Dalia es muy diestra en eso de cocinar en fogones improvisados de carbón y, después de bañarnos en la playa, tuvimos tiempo para jugar durante un buen rato al dominó.

El sol fue derritiéndose en el mar poquito a poquito hasta llegar el silencio y la oscuridad de la noche. A esa hora extrañé a mamá. Miré a tía Dalia para recordarla, solo que sabía que no era ella por la destreza que desplegaba a la hora de ordenar y limpiar los cacharros de cocina. Mamá es torpe como un bebito.

Algunas nubes en el horizonte formaban rostros y parecían iluminadas por extrañas y misteriosas luces. Cada nube era una sombra que se trasladaba lenta por la línea del mar. Me sentí muy solo a pesar de que todos se divertían a mi alrededor.

¿De la parte de allá del mar alguien veía esas nubes como entonces las veía yo?

Llegó la hora de dormir y despedimos cortésmente a la tía.

Ya en nuestra tienda nos acomodamos. Manuel, en el extremo izquierdo, en el medio yo, y el tío Aloy a la derecha.

—Dormiré de esta parte para vigilar la tienda de la tía por la ventanita —había cierto aire de caballero andante en la voz del tío.

—¿Dormirás o vigilarás?

Al tío le sorprendió la pregunta de Manuel tanto como a mí y, tras una pausita, le respondió:

—Dormiré, pero estaré alerta.

—¿Crees que puedan raptar a la tía? —se me salió la pregunta de la boca—. He visto películas donde sucede. Podríamos turnarnos y hacer guardias de dos horas cada uno, si es necesario.

—Pero ¡¿de qué están hablando?! —el tío se incorporó de golpe sobre sus codos—.

—¡A dormir, que ya es tardísimo!

—Sólo son las diez… —dijo Manuel en un susurro y tuvo el silencio por respuesta.

Era cierto, solo las diez. Al otro día nos esperaba la playa, no la escuela. Mamá advirtió a los tíos que no nos excediéramos en eso de acostarnos tarde, pero para mamá, en días de playa, tarde son las once y hasta las once y media, no las diez.

La noche era fresca y los insectos murmuraban cosas que no entendía.

Una brisa suave entró a la tienda de campaña filtrándose a través de las ventanitas cubiertas con tela de mosquitero. Llevaba mucho tiempo con los ojos cerrados en ese estado entre dormido y despierto en el que desarrollo historias interminables. ¿Será eso soñar?... Los parientes lejanos volvían al país y todos se abrazaban en el aeropuerto... *Te amo*... Abuela Amelia detrás de una ventana de cristal lloraba en silencio, emocionada con aquel encuentro. Colocó su mano derecha en unas de las puertas como saludando a alguien. ¿Como diciendo adiós?... *Te quiero mucho, mi amor*... A mí, ninguno de los parientes me conoció pero a la abuela Amelia nadie la veía y todos hablaban con tristeza de ella... *Y pensar que estabas tan cerca de mí. Por primera vez me siento vivo*... ¡Qué tristeza, sólo yo veía a la abuela Amelia! Constante mordió las agarraderas de uno de los maletines y ayudó a papá a llevarlos hasta la máquina. Ahora todos se alejaban y apretujados buscaron un sitio en el Fiat de papá. La tía abuela era la última en montarse y, antes de cerrar la puerta, miró hacia los cristales. Ella también había visto a la abuela Amelia. ¡Qué descanso!... *Me gusta sentirme abrazada por ti...* Ahora la tía abuela lloraba... ¿Por qué abandonaba a la abuela Amelia? Salí de mi rincón y grité nervioso: "¡Abuelaaa!", pero la abuela había desaparecido. ¿Cómo es posible, si me miró a través de los cristales?... *Abrázame fuerte...* Allí estaba... Nos abrazamos durante mucho tiempo... *Si un día me faltas no sé que será de mí...* "Si un día me faltas no sé que será de mí".

Me picó un mosquito en la punta de la nariz. ¿Había estado soñando o todo lo imaginé?

La ventanita del mosquitero me quedaba justo a la altura de los ojos. Desde allí se veía la tienda de campaña de la tía, a menos de diez centímetros. Abrí más los ojos y por poco se me paraliza el corazón.

—¡Eh, tío, despierta! —no dejaba de mirar por la ventanita—. En la tienda de tía Dalia hay un hombre.

—¡¿Qué dices?! —Manuel se despertó como un rayo y sonrió con ojos de diablito—. Lo sabía... lo sabía...

El hombre era tío Aloy. Estábamos solos en la tienda de campaña mi hermano y yo.

Nos miramos y nos revolcamos de la risa entre las sábanas.

—¡Guao! ¡Qué romántico! Es como en las películas… —dijo Manuel, tapándose la boca con las dos manos para reírse bajito.

—Solo veo al tío —dije yo—. Se sostiene la cabeza con la mano izquierda y con la derecha hace visajes. ¡Está haciendo tremendo cuento! ¿Dónde puede estar la tía?

—¿Eres tonto, Fanuel? La tía está al lado de él, acostada, escuchándolo con una sonrisa dulce en los labios. Siempre es así —A Manuel los ojos le brillaban—. Lo sabía, yo lo sabía…

—¿Qué sabías? —aproveché la pregunta para dejar de mirar. Tenía una sensación extraña.

—Sabía que los tíos estaban enamorados. Últimamente no hacen otra cosa que mirarse y, hace apenas una semana, escuché cómo la tía le dijo a mamá que no entendía lo sucedido, después de tanto tiempo viviendo bajo el mismo techo.

Manuel no dejó de mirar un segundo.

—¿Por qué no me dijiste nada?

—Pensé que no te interesaba el tema…
¿Te interesa? —Manuel me miró.

De pronto, estaba tan despierto y son-
riente que parecía que eran las tres de la
tarde. Luego hizo brinquitos con las cejas
y volvió al objetivo.

Sonreí con un poco de pena y miré
también.

El tío reía, moviendo el brazo derecho.
¿Hacía un discurso?

—¿Y de qué puede estar hablando el tío a esta hora de la madrugada? —le pregunté a Manuel tratando de estar a su altura.

—No sé, de muchas cosas. Hace poco escuché en una telenovela que él le decía a ella que viajarían por Europa en su luna de miel—. Mi hermano parecía saberlo todo acerca de este tipo de situaciones.

—Pero los tíos no pueden decirse que viajarán a Europa. Para eso hace falta mucho dinero.

—Parece que en momentos como este se dice cualquier cosa —Manuel se acuclilló en posición de arrancada—. Sssshhhsss… ¿qué hacen ahora?

—Creo que debemos dejar de mirar —le supliqué—. Eso de estar espiando no está nada bien.

Pero a Manuel le importa un comino si los asuntos están bien o mal. Es travieso como un gato y cuando sonríe parece que hasta bigotes le van a salir.

Yo soy todo lo contrario. A mí todo me importa y siempre me preocupa si los asuntos van bien o mal. No me gusta que nadie me regañe y soy más ordenado que mamá y papá juntos.

Las abuelas siempre se refirieron a Manuel como el diablillo de la familia y a mí, como un ángel escapado del cielo.

Confieso que no sé qué es mejor, pero a mi hermano le salen muy bien las cosas, siempre se ríe y nunca se le ve sentado en un rincón. Por el contrario, yo siempre estoy pendiente de que todos estén muy contentos, sufro si mamá se despierta con dolor de cabeza y algunas tardes termino, aunque no me lo proponga, sentado en algún rincón de la casa pensando en las musarañas. Algunas musarañas son muy tristes y complicadas, quizás me sirvan en mi sueño de llegar a ser un gran escritor.

Aquella noche cuando mirábamos a los tíos sentía que estábamos haciendo algo malo.

—¡Apagaron la vela y…! ¡¡¡Salieron!!! —dijo Manuel buscando sus zapatillas como un loco.

—¿Salieron? ¿A dónde salieron? —le pregunté tratando de retenerlo.

—Se envolvieron en unas sábanas y van hacia el mar. ¡Corre, vamos a seguirlos!

Y sin dejarme responder, Manuel terminó de calzarse y desapareció.

El cielo era claro. Me acerqué poco a poco a la orilla de la playa bordeando el mangle y los cocoteros. ¿Dónde estaba Manuel? ¿Dónde estaban todos?

Miré la luna y aproveché su luz para orientarme un poco.

—Manuel… —susurré con un miedo tremendo de ser descubierto por los tíos—. Manuel…

De pronto, algo se movió cerca de mí como dicen los libros que se mueven las serpientes.

—¿Eres tú, Manuel…? —volví a llamarlo casi sin aliento.

Cuando uno está muy asustado parece que el corazón se esconde en las orejas. Todo suena: ton ton, ton ton, ton ton…

Tres pasos más y me detuvieron dos ojos brillantes desde la arena.

—Asshhsss… —dijo la cosa.

—Manuel… —dije yo.

Y cuando iba a correr en dirección al mar, mi hermano me tapó la boca para que no gritara.

—Es solo una iguana —trató de calmarme—. No hagas ruido, los tíos están a unos pasos de aquí.

—Nunca vi una iguana tan cerca. Son horribles. Feas como los dinosaurios… —me odio cuando no puedo controlar el miedo. Manuel nunca tiene miedo.

Pero mi hermano no me oía, estaba demasiado interesado en cada movimiento de los tíos.

—¡Corre! ¡Apúrate! Caminan hacia aquella caleta.

Y me arrastró por el brazo para que lo siguiera sin perder tiempo.

—¿Qué hacen? —pregunté.

—Conversan uno frente al otro y el tío le quita suavemente la sábana a la tía.

Manuel se sentó a mirarlos como si estuviera frente a una pantalla de cine.

—Estás loco, vámonos de aquí. Si los tíos se enteran nos matarán.

Pero yo tampoco podía dejar de mirar.

La sábana cayó sobre la arena.

Manuel se levantó como un cohete.

—¡Está en biquini! —Manuel no podía creer que la tía estuviera en traje de baño.

Y el tío también tiene su bañador, pensé yo y respiré aliviado de que los tíos hubieran decidido sólo darse un baño nocturno.

—No sé qué gracia se le puede encontrar al mar a estas horas de la noche —refunfuñaba Manuel mientras se ponía en camino.

Dijo que por la bobería de los tíos, al otro día tendría un sueño de perro. Cuando mi hermano se pone así de bravo me entran ataques de risa.

Una vez más miré hacia los tíos. Habían entrado al mar y, seguramente, nadaban hacia el horizonte.

—¿Crees que los tíos decidan casarse? —Ahora era yo quien no lograba dormirme—. Eh, Manuel… te pregunté si los tíos se casarán.

Mi hermano parecía estar en el quinto sueño.

—Manuel…

—Hummm —decididamente estaba en el quinto sueño.

—¿Los tíos se casarán?

—¿Quién sabe…? —hizo un chic con la boca y se acomodó buscando más espacio.

—Eh, que no estás en tu cama. Échate para allá.

—Chic… —y se volvió hacia el otro lado.

—Si los tíos se casan y tienen gemelos serán iguales que nosotros, pero más chiquitos.

Hubo una pausa e inmediatamente, mi hermano se sentó con los ojos enrojecidos a mirarme. Tenía la boca estrujada y fruncido el ceño. Se rascó el codo izquierdo y luego una pantorrilla.

—¿Qué hablaste de dos más como nosotros?

Aquella madrugada casi no dormimos evaluando los pros y los contras del posible casamiento de los tíos.

Andar de a dos por el mundo tiene su encanto, pero de a cuatro, comienza a ser un misterio. No nos agradaría, en lo absoluto, revivir la historia de cómo dijimos mamá o papá por primera vez, o de cómo aprendimos a no hacernos caca en los pantalones, o vernos entrar al colegio el primer día de clases haciendo pucheros. Si la tía tuviera dos niños como nosotros, sería como vernos crecer por segunda vez.

—La situación es verdaderamente incómoda. ¿Cómo lograr que los tíos comprendan?—, dijo Manuel mirando a un punto fijo. A veces tiene gestos de papá.

Nos quedamos dormidos.

Al otro día, el calor me despertó.

Estiré un brazo y choqué con el tío.

Al otro lado, dormía Manuel.

Los ojos se me abrieron de un tirón y me preguntaba si todo había sido un sueño.

—¡Buenos días, bellezas! —la tía abrió la carpa y apareció bandeja en mano con el desayuno de los tres.

¿Era la tía o era mamá? Con los rayitos de sol que se enredaban en el pelo parecía un hada. ¿Las hadas existen?

Manuel se incorporó sin dejar de mirar al tío, pero el tío no le hizo ni gota de caso. Ni siquiera notó que Manuel lo miraba con ojos de: "eres un irresponsable al enamorarte de la tía".

La tía estaba linda, más linda que otras veces, y el desayuno delicioso.

Estuvimos en la playa hasta las cinco de la tarde.

Tío Aloy nos tiró al agua desde sus hombros más de diez veces y cuando la tía se entretuvo mirando un avión que atravesaba el cielo, se sumergió y la sacó también sobre sus hombros. Ella daba gritos simpáticos y golpes en la cabeza del tío. Nos dio mucha risa ver a la tía pataleando y luego caer al agua como un saco de papas.

Mi hermano y yo gritábamos tirándonos agua a la cara y salpicando a los tíos. De pronto, se había armado una guerra de gotas de agua salada e inmediatamente después, jugamos al caballo y el jinete. Tío Aloy y Manuel eran caballos y la tía y yo jinetes. Terminamos todos desparramados en el agua.

¡Qué cansancio!

Y quizás, todo había sido un sueño y los tíos sólo se llevaban muy bien, y estábamos creando una tormenta en un vaso de agua.

Pero, un segundo después, el tío la ayudó a incorporarse y se miraron sonriendo.

Se miraron largamente.

Manuel me pisó el pie derecho. Lo miré como diciendo: "ya lo sé, ya lo sé, los he visto sonreír, ¿qué quieres que haga?".

¡Qué susto!

Los tíos se tomaron de la mano y caminaron hacia nosotros rompiendo con sus piernas el ritmo de las olas. ¿Mamá y papá venían hacia nosotros?

—Tenemos una noticia muy importante que darles. Queremos que sean los primeros en saberlo...

Manuel y yo nos miramos y estoy seguro de que pensamos a la vez: "no digan nada, no abran la boca todavía, regálennos un minuto más sin esa preocupación, no arruinen esta playa deliciosa...".

Pero los tíos hablaron.

Nos quedamos inmóviles. Quizás a las estatuas, antes de ser estatuas, les den noticias como esta.

En el viaje de regreso los tíos no dejaron de hablar ni un segundo.

Me preguntaba qué nuevas cosas pueden decirse dos personas que se conocen desde hace tiempo, viven en la misma casa y se han pasado una noche conversando.

¿Cómo sabríamos quiénes eran los tíos y quiénes los padres? ¿Qué pensaría la tía abuela si estuviera viva?

Cuando mamá abrió la puerta nos dio un gran beso y la abuela preguntó por qué traíamos esa cara de velorio.

El tío hizo un guiño a papá.

La tía hizo un guiño a mamá.

Mamá y papá hicieron un guiño a la abuela.

La tía, el tío, mamá, papá y la abuela se hicieron un gran guiño y nos dimos cuenta de que toda la familia estaba de acuerdo. Procurar que los tíos no fueran una pareja era asunto perdido. Hay batallas que se pierden en la primera escaramuza.

Esta era una.

—Pueden felicitar a los tíos. Han decidido casarse muy pronto —concluyó Manuel y subió las escaleras.

Corrí tras él, mientras todos se decían cosas maravillosas.

No puedo imaginar cómo a mamá le agrada que su hermana se case con el hermano de papá, siendo gemelo de él. ¿Cómo no les preocupa saber a la hora de dormir, con quién van a dormir? ... O cómo a papá no le trastorna ver que su hermano besa a la tía sin saber que no se ha equivocado. En realidad, no sé cómo se las van a arreglar. Para mamá y papá será como casarse por segunda vez. Hasta podrían los tíos ahorrarse el dinero de las fotos, con ver las fotos de boda de mamá y papá se están contemplando a sí mismos. En fin, será terrible para nosotros amanecer y encontrarnos en la mesa de la cocina a dos parejas idénticas. ¿A quién besaré primero? ¿Mamá sabrá mirarme con cara de mamá? Pero mamá y la tía miran tan parecido…

Llegué a la planta alta.

—Será una locura —le dije a Manuel.

—Allá ellos. Si no se dan cuenta de que son unos irresponsables con la edad que tienen, allá ellos —A Manuel parecía no importarle nada.

—¿Allá ellos, y ya? —Estaba tan abrumado que no se me ocurría otra cosa que preguntarle a Manuel.

Mi hermano, en situaciones límites, olvida todo a su alrededor y desarma algún aparato. Ahora ya tenía la plancha vieja de mamá abierta de par en par.

—El problema de esta plancha no es grave, hay que soldar estos dos cablecitos —dijo.

—Quizás lo de la plancha no sea grave, pero lo de los tíos sí. ¿Qué sucederá a partir de ahora?—, insistí.

Mi hermano me miró muy serio y cuando me iba a contestar, no sé si algo de la plancha o de los tíos, mamá nos interrumpió.

Caminó hacia nosotros con cara de mamá y nos dio otro beso.

—Yo también tengo una gran noticia que darles.

La miramos, pendientes de cada una de sus palabras.

—¿Recuerdan las náuseas a causa del olor a guayaba? —Mamá hizo una pausita y sonrió—. Estoy embarazada. Pronto tendrán un hermanito, o una hermanita, o dos hermanitos…

—O diez hermanitos… Felicidades, mamá —dijo Manuel y volvió a la plancha.

Creo que no existe persona mayor capaz de imaginar en toda su dimensión lo que significan noticias como estas para gemelos de diez años de edad.

Capítulo sexto
La abuela le hace muecas
a la visita y veo un fantasma
por primera vez

A partir de ese momento, Manuel y yo decidimos hacer, más que nunca, un frente común. Juramos estar bien unidos y no ocultarnos nada.

Pero Manuel da tres vueltas por la casa y se le olvida todo y, cuando los asuntos lo abruman más de lo que puede soportar, se busca un aparato viejo y adiós preocupación.

Por eso en ese tiempo me sentí muy solo con mis rincones llenos de musarañas.

Había cierto desorden familiar a causa de las actitudes extrañas de la abuela, el casamiento de los tíos y el embarazo de mamá.

Todo se complicaba por horas y Manuel no hacía otra cosa que regresar de la escuela y ponerse a armar y desarmar aparatos eléctricos.

Como si fuera poco, una tarde, después de algún tiempo, llegó de visita la señora Adela, la mejor amiga de la tía abuela Amalia, para ofrecer sus condolencias.

La señora Adela explicó que estuvo tan triste con la muerte de Amalia que ni siquiera pudo llegar a nuestra casa para hablar del asunto, pero que se había llenado de valor y ahí estaba. Hizo la historia completa, casi en detalles, de cómo conoció a la tía abuela y las aventuras de juventud que corrieron juntas. Habló de cuando estudiaban para maestras y de lo pícara que era la tía abuela, de su inteligencia y amor por los perros.

Mamá asentía a cada detalle que la señora Adela aportaba a la biografía de la tía abuela, pero la abuela Amelia hacía gestos extrañísimos con la boca, la nariz, las cejas,

los ojos, con cualquier parte. Hasta llegué a verla mover un pie de forma sospechosa. ¿Qué le sucedía a la abuela?

Miré a mamá.

Mamá me miró sin entender.

La abuela estaba absolutamente normal.

Esto se repitió más de tres veces o cuatro mientras la señora Adela recordaba a su mejor amiga, pero cada vez que mamá miraba a la abuela, su rostro volvía a la normalidad.

La señora Adela se empezó a inquietar y en un momento en que la abuela decidió hacer un poco de café, se acercó a mamá:

—Qué mal quedó Amelia después de la muerte de Amalia. No ha parado de hacer muecas desde que me senté aquí —dijo, casi en un susurro y profundamente conmovida.

—¿Muecas…? —Mamá no sabía de qué se trataba.

—Sí, me hace guiños excesivos y mueve el pie derecho como si quisiera decirme algo —dijo la señora Adela sobrecogida—. ¿No se fijó usted?

—En realidad, no me fijé. ¿Viste algo, Fanuel? —preguntó mamá.

—¿Yo? —no podía descubrir a la abuela. Antes de decir sí la llevarían al hospital—. No, no vi nada.

Luego, la abuela regresó con el café y las tres lo tomaron como si tal cosa.

No pasó medio minuto y la abuela volvió a hacer gestos sospechosos a la señora Adela.

Movía de un lado a otro la cabeza detrás de la taza de café humeante. La señora Adela se hizo la que no se daba cuenta, pero, a la vez, intentó poner al corriente a mi madre , moviendo también su cabeza blanca detrás de la taza. Mamá no quería ser indiscreta y no se atrevió a mirar a la abuela, pero también hizo gestos moviendo la cabeza detrás de la taza de café para que la señora Adela entendiera que había comprendido.

Por un momento, las tres movieron la cabeza detrás de las tazas humeantes.

La abuela soltó una carcajada y ellas dos hicieron lo mismo.

¿De qué se reían, me preguntaba yo? Creo que mamá y la señora Adela también se lo preguntaban.

Terminaron de tomarse el café y la señora Adela se despidió.

—Te daré alguna que otra vueltecita de vez en cuando, Amelia —dijo la señora Adela dándole un beso en el cachete.

Mientras mamá se ocupaba de abrir la puerta de rejas, la abuela aprovechó para hacer todas las muecas juntas a la señora

Adela. Movía los brazos y ladeaba la cabeza sonriendo. Movía los dedos de las manos igual que se le hace a un niño pequeño que no se quiere retratar. Le hacía gestos con el pie izquierdo y luego con el derecho y repetía: "Adela... Adeeeeela" con cierta musiquita.

Mientras más muecas hacía la pobre abuela Amelia, más seria quedaba la visita. Hasta que se echó a llorar.

—¿Qué sucede? —preguntó mamá desconcertada.

La señora Adela apenas podía articular una palabra. La ahogaba el llanto y la mandíbula de abajo se le descolgó igual que la tapa de un bolso de cartero.

—¿Qué sucede? —repitió mamá más desconcertada aún.

—Me hace mueeecas... —concluyó la señora Adela como si tuviera cinco años y una niña le hubiera dado un bofetón.

Mamá miró a la abuela.

Abuela no dejaba de mirar a la señora Adela, que a su vez no lograba controlarse.

Ahora la abuela estaba seria y triste. Hizo un chic con la boca, negó suavemente con la cabeza, miró al piso y dijo mientras se alejaba:

—Qué vida esta...

Corrí junto a la abuela y le dije:

—No te puedes poner brava con la señora Adela. Si le haces muecas, ella llora. Hasta a mí me han entrado deseos de llorar.

La abuela se detuvo y me miró.

—Yo no estaba haciendo muecas. Déjame sola. Me sentaré un ratico en la Pequeña Gemela.

Y salió caminando hacia la casita.

Eran casi las nueve de la noche y la abuela no regresaba.

Esto no hizo otra cosa que revolver el avispero y darle la oportunidad a mamá de contar la historia de las muecas y la señora Adela más de diez veces.

Mamá debió estudiar para actriz. Tiene unas condiciones tremendas para exagerar las cosas y hacer un espectáculo de lo más insignificante. La verdad es que las muecas de la abuela no eran poca cosa, pero mi madre siempre hace lo mismo. A ella le encanta la actuación.

"…Y movía el pie izquierdo de esta forma, meneando el derecho de esta otra y las orejas hacían brinquitos y la boca la echó para un lado…". Mamá gesticulaba cada vez más hasta que…

—¿Ya comieron? —La abuela interrumpió helando la escena. Constante estaba con ella.

—Tenemos que hablar, mamá —dijeron aturdidos papá y el tío.

—¿Comieron o no comieron? —insistió ella.

Aquello se ponía malo por segundos.

Manuel los miró a todos, fue hasta el clóset de la cocina, cargó con una tostadora viejísima y se sentó en la sala.

—Manuel... —lo seguí—. La situación es terrible. No debes ponerte a desarmar eso en este momento.

—No veo por qué... la abuela hace muecas a la visita y eso la hace feliz. Mamá hace las muecas de la abuela para hacer su *show* y parece más feliz aún. No sé por qué no puedo desarmar la tostadora. Es temprano y no me interesa esta noche la televisión. Que cada uno haga lo que desee me parece lo mejor para esta casa loca.

—Manuel, ¿no entiendes o no quieres entender? —dije tomándolo por los hombros—. La abuela está muy mal. Hay que ayudarla. Seguro la llevarán al hospital.

—¿Y qué haremos? ¿Escribirás una lista de gestos que no debe hacer porque son muecas? ¿Harás que se aprenda de memoria la lista como la otra vez? Los máximos culpables de que la abuela este así somos nosotros. Si en aquella ocasión la hubieran llevado al hospital, no estaría haciendo muecas como una mona al primero que llega. Le contaré todo a mamá y a papá.

—No, Manuel. No harás eso —dije—. Discúlpame, no te molestaré más con los asuntos de la abuela. Desarma todas las tostadoras que te encuentres, empata los cables que…

Y no pude terminar de hablar porque casi estaba llorando y no quise que mi hermano me viera.

Me senté en un rincón de la terraza.

Sé que los varones no lloran, pero nunca he podido encontrar de dónde sale la primera lágrima para ajustar ese asunto y, cuando menos lo espero, ya estoy llorando como una Magdalena. Creo que las lágrimas salen del pecho y suben a los ojos… o del fondo de la cabeza y corren hacia delante… o de la frente, y entonces ruedan hasta los lagrimales… En fin, eso de las lágrimas es algo complejo que tengo pendiente para resolver este año. Dice mamá que el problema no está en si los varones lloran o no lloran, sino en que cuando alguien llora es porque se siente infeliz y la infelicidad no es buena.

Es cierto, la historia de las muecas de la abuela me hizo muy infeliz. Pero ¿cómo explicarle que no era bueno eso de andar haciendo muecas a la visita si ella misma estaba convencida de que lo que hacía no eran muecas?

Entonces escuché una conversación que lo empeoró todo.

—De ninguna manera. Eso sí que no lo permitiré. No pueden hacerlo... —La voz de la abuela era ronca y parecía salir del fondo de la tierra.

—Escucha, mamá. No entiendo que te niegues a la venta de la Pequeña Gemela. Tú misma hablaste de eso hace meses y quedamos en que convencerías a la tía abuela de que viniera a vivir con nosotros, —dijo papá buscando apoyo en el tío.

—Es cierto, mamá –dijo el tío—. Dijiste que la ibas a convencer, que Constante dormiría fuera de casa y que esa era tu única condición. Ahora, desgraciadamente, la tía abuela ha muerto. Con más razón debemos vender la casita.

Pero mientras más hablaban el tío y papá, y se referían a lo prometido por ella unos meses atrás, más endemoniada se tornaba su voz—:

—No se habla más del asunto. Jamás se venderá la Pequeña Gemela —sentenció la abuela y sentí cómo se levantaba de la silla de madera.

Se hizo un silencio.

La abuela había salido de la cocina dejando a papá y a tío solos.

—¿Qué hacemos? —preguntó papá.

—Decide tú... —contestó el tío.

—Hay algo que no te he dicho... —susurró papá.

—¿Qué?

—Ya se ha puesto la casita en venta.

—¿Te has vuelto loco, Eloy? —dijo el tío—. ¿Qué le dirás a mamá?

—Mamá está demasiado mal para andar tomando decisiones. Se dice y se contradice con más rapidez que tragarse una cucharada de sopa.

—Estoy de acuerdo contigo, Eloy.

Esa voz era la de mamá. Ella a veces aparece de la nada.

—¿Escuchaste la conversación?—, preguntó papá.

—No toda, pero puedo imaginarme el resto. Eloy tiene razón, Aloy. Hay que vender la casita lo más rápido posible. Las casas abandonadas se deterioran y se caen a pedazos.

Mamá hablaba con una decisión aplastante. Cada palabra era un golpe preciso y sólido. Mamá, cada vez que puede, hace un discurso, le encanta desarrollar sus ideas hasta la saciedad.

—Además —continuó— no he querido hablar más del asunto, pero Amelia no está muy bien que digamos. Hay algo en su mirada que me hace desconfiar.

—¿Entonces…?—, preguntó tío Aloy y respiró profundo.

—La decisión está tomada. Buscaremos al mejor comprador y asunto concluido — dijo papá.

—Pero ¿qué le dirás a mamá?

El tío estaba verdaderamente preocupado.

—Ya veremos —concluyó papá.

Y todos se fueron de la cocina hacia sus habitaciones.

Eran casi las doce de la noche y corrí a acostarme. Cuando mamá terminara de subir las escaleras iría directamente a darnos un beso y si no me encontraba se caería del susto.

Mamá entró al cuarto.

Manuel viajaba por el decimoquinto sueño y yo me hice el dormido. Mamá cerró la puerta y la escuché entrar a su habitación.

La casa quedó en silencio.

El asunto de la venta de la casita y de lo que sufriría la abuela a causa de la decisión de papá no me dejaba dormir. Yo tampoco quería que alguien que no fuera de la familia viniera a ocupar nuestra Pequeña Gemela. ¿Y si era una familia de pesados…? Además, deshacernos de la casita era abandonar todo lo que recordara a la tía abuela y no me parecía correcto.

Era cierto que la tía abuela ya no estaba, pero cuando veía a la abuela Amelia caminando hacia la Pequeña Gemela y entrando en ella acompañada de Constante, era como volver a ver a la tía abuela y eso era lindo, aunque muy triste.

Decidí levantarme y dar una vuelta por el refrigerador. No hay cosa que me dé más hambre que pensar durante la noche.

Bajé las escaleras con mucho cuidado y repitiéndome una y otra vez que en la oscuridad no hay nadie, que no hay que tenerle miedo a las luces apagadas, que la casa es la misma, solo que sin luz, cuando…

—¿Quién anda ahí? —La voz me salió rajada como un palo seco. Creo que sólo me escuché a mí mismo.

Avancé un poco más en dirección a la cocina y noté que el ruido venía de la puerta del fondo, la que da al patio. El aire la movía un poco y estaba entreabierta.

Un escalofrío, el más grande de mi vida, se me prendió de la espalda, un corrientazo que me hizo sudar y me puso a temblar las piernas. Si la puerta de la cocina, la que da al patio, estaba abierta era porque teníamos un ladrón dentro de casa, quizás un asesino, alguien enmascarado. "¿Qué hago?", me pregunté sin atreverme a dar un paso ni a retroceder. "Todos duermen a puertas cerradas y nadie me escuchará si se me ocurre gritar. Por otra parte, en caso de que alguien me escuchara, en lo que viene a socorrerme seré un niño muerto. ¿Qué hago ?", me preguntaba una y otra vez.

De pronto, escuché unos ladridos en el patio oscuro.

Era Constante. ¿Qué hacía Constante ladrando en medio de la oscuridad?

Respiré profundo, todo lo profundo que pude, porque hasta los pulmones los tenía llenos de miedo, y alcancé la puerta entreabierta…. Con mucho cuidado terminé de abrirla y me asomé al patio.

No se veía nada. Sólo se escuchaban los ladridos de Constante a lo lejos.

Caminé por la acerita de cemento que bordea la casa y pensé que me moría del susto. ¿Estaban bien mis ojos? ¿Lo que veía era real o era un sueño? Aquella no podía ser la abuela Amelia, pero tampoco la tía abuela. Ella estaba muerta y los fantasmas no existen. ¿No existen?

Allá, en los jardines de la Pequeña Gemela, la tía abuela Amalia corría llena de vida, loca de contenta, mientras jugaba con Constante. Ella lanzaba una pelota blanca y la pelota subía y subía hasta las estrellas. El regreso era a toda velocidad y Constante corría para atraparla con la misma delicadeza que si atrapara una mota de algodón. Constante casi volaba sobre sus patas peludas, con la pelota-estrella-mota de algodón entre sus dientes hasta la tía abuela en espera de caricias y apretones en el hocico. Constante hacía ruiditos de cariño y la tía abuela le cantaba nanas con su voz dulce.

Adoro las nanas cantadas por la tía abuela.

Constante daba saltos en dos patas y la tía abuela le respondía saltando en sus dos pies... ¿O saltaba ella y le respondía Constante?

Estaban tan contentos que daba lástima pensar que se les acabaría la noche.

El juego duró un poco más y los dos terminaron acostados en la hierba fina.

Silencio.

Me senté a contemplarlos mucho rato. No sé cuánto tiempo. Ya no tenía miedo; al contrario, me agradaba tanto saber que la tía abuela, de alguna forma, seguía cerca de mí, que me fui quedando dormido.

Mientras luchaba contra el sueño de una medicina que mamá me había dado con la comida —soy insoportablemente alérgico—, pensé que era una pena que la abuela Amelia no disfrutara de una noche así y que quizás, sólo a ella contaría lo sucedido.

Capítulo séptimo
Le cuento a la abuela lo
del fantasma y me arrepiento

Me despertaron los gritos de Manuel pidiendo no sé qué herramienta a papá y estaba en mi cama, entre mis dos almohadas.

¿Todo había sido un sueño?

Recorrí el patio. Caminé punto por punto mi trayectoria nocturna y luego me acerqué a donde había visto a la tía abuela.

Los jardines de la Pequeña Gemela, a pesar del abandono, se conservaban lindos. Me senté en la hierba fina, miré hacia la casita y casi me llegó el olor a pasteles horneados.

El aire era fresco y había nubes grises.

Era un día bello. Un domingo bello. Un recuerdo bello.

¿Qué importaba si era cierto o no que la tía abuela corriera jugando con Constante toda la madrugada?

Estaba contento.

Empezaron a caer algunas gotas de lluvia y pensé: "Me acostaré sobre la hierba, me convertiré en hierba y dejaré que caiga sobre mi toda la lluvia del mundo". Eso hice y mi mano tropezó con algo duro. ¿Una piedra? No, no era la textura de una piedra. Era más suave que una piedra... era como de goma... Un poco peluda era esa cosa...

Mis brazos estirados sobre la cabeza hacían que mis manos adivinaran... ¿Una pelota?

Me incorporé de un tirón. Allí estaba la pelota-estrella-mota de algodón. La tenía en mis manos.

¿Entonces...?

Pero... ¿entonces qué?

¿La tía abuela muerta aparecía en forma de tía abuela viva durante la noche y, además, dejaba una pelota en medio del jardín?

Ahora sí no podía contarle a nadie, ni a Manuel. Terminaría sentado en la consulta del loquero haciendo historias de la tía abuela y Constante, dos veces por semana. Por otra parte, si quien jugaba, bailaba, reía y cantaba nanas era la abuela Amelia, tampoco podía abrir la boca, porque a quien llevarían al loquero, irremediablemente, sería a ella.

Andaba con mi cabeza hecha un nudo cuando decidí guardarme la evidencia mayor, la pelota, y correr hasta la casa.

Ahora la lluvia era fuerte y fría.

Entré en la cocina y nadie me vio. De pronto me encontré frente a la abuela. ¡Qué susto! Todavía no había decidido qué hacer.

—¿Conoces esta pelota? —la pregunta se me salió de la boca.

La abuela tomó la pelota en sus manos y la observó largamente.

—Es una pelota como otra cualquiera. Bastante sucia, por cierto.

Y se fue a buscar la tapa de la olla.

—Abuela...

Me miró. No hacía otra cosa que mirarme.

—¿Estás muy ocupada ahora?—, dije bajito. ¿Por qué tenía tanto miedo?

La abuela negó con la cabeza.

—Necesito hablar contigo. A solas. Sin que nadie nos escuche.

Afuera llovía intensamente. Fuimos a su cuarto. Constante quiso entrar, pero no se lo permitió.

—¿Por qué no lo dejas entrar? sonreí—, Constante no habla.

—Es cierto. Por eso los perros son los mejores amigos del hombre. Porque ven y no hablan, pero es mejor así.

Y cerró la puerta.

Cuando escampó, me di cuenta de que había hablado durante casi dos horas y que la abuela tenía los labios secos de no abrirlos. Sus ojos estaban hundidos como caracoles y sus arrugas eran surcos donde se escondían sombras antiguas.

—¿Qué te sucede, abuela?

—Nada, cariño mío… Nada…

Le di un beso y me fui.

Lamenté muchísimo haberle hablado de la tía abuela y de su paseo nocturno jugando a la pelota con Constante, pero ya no tenía remedio. A quién sino a ella podía hacer ese cuento. Quizás debí callarme. Hay cosas que no se deben decir a nadie, ni a la abuela, pensé más tarde.

A la hora de la comida, todos, como de costumbre, nos sentamos para que la abuela sirviera cada plato. Los tíos y los padres hablaban muy animados con mi hermano y conmigo, pero la abuela seguía sin decir palabra. Cuando alguien le preguntaba algo, asentía con la cabeza o negaba. Sé que todos pensaron: "Está así a causa de la venta de la Pequeña Gemela...", pero yo sabía que su tristeza era más profunda.

La abuela extrañaba a su hermana, pobrecita.

Capítulo octavo
El fantasma de la tía abuela
recibe una visita y casi se vende
la Pequeña Gemela

Pasaron los meses.

Dos o tres veces por semana la tía abuela y Constante hacían su fiesta nocturna y yo los contemplaba desde mi ventana. Una noche, hasta pensé en pedirles que me dejaran jugar con ellos, pero hay magias que no se deben romper ni aunque uno se sienta muy solo y lo desee mucho.

Vivía una historia incontable y me hacía muy feliz disfrutar de aquel secreto.

La barriga de mamá era cada vez más grande.

Ya era un hecho que venían dos hermanitas y sólo se hablaba de esto o de aquello otro que había que resolver.

Los tíos fijaron la fecha de casamiento para finales de año.

Manuel no paraba de armar y desarmar cosas eléctricas.

La abuela apenas hablaba lo imprescindible. La amenaza de la venta de la Pequeña Gemela era diaria y, a pesar de que papá no había quedado satisfecho con ninguno de los compradores, era cuestión de un día o de otro.

Entonces ocurrió algo inesperado.

Por ese tiempo me estaba leyendo el libro *La princesa del retrato y el dragón rey*. Era muy tarde en la noche y a pesar del fresco dejé la ventana abierta con la ilusión de que el duende del libro entrara y se llevara algún objeto de Manuel. Mi hermano no cree en nada y mucho menos en duendes y dragones, pero hubiera regalado mi colección de caracoles porque sucediera. Si Gregorio, el duende, entraba y le llevaba algún tornillo del radio viejo que ahora lo entretenía, me iba a estar riendo una semana. Manuel me tenía reventado con su arma y desarma aparatos eléctricos y su poco de interés en los asuntos familiares.

En eso andaba y me divertía solo, imaginándome la situación, cuando se encendió una vela en la Pequeña Gemela.

Caminé rápido hasta la ventana.

La vela se movía de un lado a otro tras los cristales de la habitación de la tía abuela.

Arriba, abajo…

La llamita volaba haciendo guiños de luz y sombra.

Abajo, arriba…

La tía abuela andaba a sus anchas paseándose por su casita… o volando… Dicen que los fantasmas vuelan y recorren muchos kilómetros en menos de lo que se respira dos veces. Pensé que quizás tenía una tía abuela hada y no fantasma, y eso me hizo profundamente feliz.

¡Me encantan las hadas!

Miré a Manuel y dormía tan despatarrado que podrían entrar todos los duendes del universo, llevarse todos sus aparatos eléctricos, cargar con él y no se iba a enterar.

La idea de atravesar el jardín solo, en medio de la noche, no era lo que más me gustaba, pero le había prometido a mi hermano no molestarlo más con los asuntos de la abuela, a cambio de su silencio, y no quise faltar a mi promesa.

Volví a mirar hacia la casita.

Allí seguía la tía abuela-hada-fantasma dibujando arabescos de luz con la insignificante llamita.

Nuestra casa estaba oscura y en silencio.

A esa hora, sólo la luna es dueña del tragaluz de la escalera y divide la sala en dos mitades.

Pensé despertar a la abuela para que me acompañara pero deseché la idea al instante. No quería que su cabeza empeorara.

Otra vez, la puerta de la cocina que da al patio permanecía abierta.

Corrí hacia la Pequeña Gemela y sentí ladrar a Constante.

Me detuve como una foto.

La vela voló rápido hacia la ventana y se quedó quieta.

Ahí estaba la tía abuela Amalia y, a su lado, nervioso, haciendo ruiditos con una de sus patas sobre el cristal, Constante.

—Tranquilo, perrito… —dije bajo.

—No hay nadie, Constante. ¡Tranquilo! —escuché decir a la tía abuela mientras se alejaba.

"Los perros nunca se equivocan", pensé en ese momento. "Tú debías saberlo".

Me acerqué más.

¡¡¡Qué susto!!!

La vela no se movía aquí y allá porque la tía abuela-hada-fantasma volara. La vela no dejaba de moverse porque la tía abuela hacía gestos grandes y tremendos mientras hablaba con la señora Adela.

¡¡¡¿Con la señora Adela…?!!!

Cerré los ojos y me puse las manos en la boca tratando de controlar mi respiración.

¡Zapatán, zapatán, zapatán…!, mi corazón trotaba por todo el cuerpo y no había cómo detenerlo. ¡Odio mi corazón cuando no me hace caso!

Volví a mirar al mundo de los muertos-vivos y entonces era la señora Adela quien se llevaba las manos a la boca y un tin después, se desplomaba de un desmayo.

—¡Se murió la señora Adela!—, me escuché decir.

Constante miró a la ventana y ladró inquieto.

—¡Silencio, Constante…!—, dijo la tía abuela y bruscamente miró a la ventana.

¿Me vio…?

Fue a buscarle un vaso de agua a su amiga, le dio unas palmaditas en la cara, la señora Adela abrió los ojos, miró a la tía abuela y se volvió a desmayar.

Esto sucedió unas cuatro veces.

—Pobre mujer… —pensé.

Creo que me reí.

Después del día del cuento de las muecas, la señora Adela me da un poco de risa. Es baja, gordita y con expresión de hada de *La bella durmiente*.

Al fin decidió no desmayarse más.

¡Qué suerte!

La señora Adela se incorporó, se miraron tristes y se abrazaron llorando. La señora Adela apretaba a la tía abuela como si no quisiera que se le escapara más. Luego, tomó sus manos y asentía intensamente. Unos minutos después, muy despacio, se internaron en la oscuridad de la casita.

Le tiré un beso a la tía abuela y corrí hasta mi cama.

Cuando llegamos de la escuela mi hermano y yo, había un comprador sentado en la sala.

La abuela y Constante caminaban, inquietos, por toda la cocina.

Si la abuela daba dos pasos, Constante daba dos pasos. Si Constante daba cinco pasos, la abuela daba cinco pasos. Se detenían, se miraban en silencio, volvían a caminar juntos.

Papá, muy animado, casi estaba a punto de sellar el trato cuando sonó el timbre del jardín.

La abuela me miró como una flecha de las de Robin Hood.

—Ve a abrir, Fanuel—, me dijo y respiró profundo.

Corrí a abrir la reja y regresé.

—Es la señora Ade… —y la recién llegada no me dejó terminar.

—Buenas. Vengo a comprar la Pequeña Gemela —dijo la señora Adela—. Quisiera hablar con usted, Eloy.

Y se sentó con aire de esfinge egipcia.

Papá enmudeció y sólo pudo devolverle el saludo.

—Como usted sabe, señor, yo era la mejor amiga de Amalia y quisiera conservar ese lugar donde ella vivió la mayor parte de su vida.

—Ya está vendida, señora. Qué pena… de haberlo sabido… —papá balbuceaba sin saber qué decir.

—Yo ofrezco más… –dijo, firme como un templo, la señora Adela.

—Usted acaba de cerrar un trato, señor… —interrumpió el comprador con cara de niño al que están por arrebatarle un juguete nuevo.

"Esto se está poniendo buenísimo", pensé y miré a mi hermano, que hizo sus brinquitos acostumbrados con las cejas largándose al patio.

Papá miró a la abuela, la abuela miró a Constante, ambos saludaron a la señora Adela —ella con un simple beso y el otro con el más simple de los lenguazos—, y se fueron a la cocina.

—La situación es bien difícil, señora… —Papá me daba lástima. A veces los

mayores se meten en cada lío que a uno
se le quitan los pocos deseos de crecer que
le quedan.

—Ofrezco el doble —. Ahora la señora
Adela no parecía ni tan baja, ni tan gordita, ni tan hada, ni tan esfinge. Ahora, la
señora Adela era un demonio.

Las piernas largas de papá se movían
abanicando la sala. Miraba nervioso al
comprador y este, a su vez, le exigía con
la mirada una solución a su favor.

Para empeorar la situación de papá,
mamá, la tía y el tío estaban ordenando
el cuartico que está detrás de la cocina y
ni siquiera imaginaban lo que sucedía.

—Cómo explicarle, señora… —Papá
era un náufrago, solo, en medio de una
isla rodeada por tiburones hambrientos—.
Soy un hombre de palabra y no puedo
echar atrás un compromiso que…

Y entonces se escuchó un golpe en la
cocina.

Silencio.

Mamá gritó.

La tía gritó.

Manuel gritó.

El tío Aloy gritó.

Papá no pudo ni gritar.

Los seis, que parecíamos tres, corrimos.

La abuela estaba tendida, una vez más, ahora sin su hermana, en medio de la cocina.

Constante nos miró y se echó quieto a su lado.

La señora Adela llamó al hospital y pidió, urgente, una ambulancia.

El comprador desapareció sin despedirse.

Capítulo noveno
Me convierto en testigo junto
a Constante y la señora Adela

Por fin salió el médico de la habitación.

Papá y el tío Aloy fueron los primeros en llegar hasta él. Luego mamá, la tía, mi hermano, yo y, por último, la señora Adela.

—¿Cómo está, doctor? ¿Cómo la ve? —, dijo papá muy preocupado y, en el fondo, con un sentimiento de culpa horrible por haber propiciado la venta de la Pequeña Gemela.

—Todos sus signos vitales responden a la perfección, señor. Aún no sé qué ocasionó el desmayo —respondió el médico—, pero...

—¿Pero?—, interrogamos todos, menos la señora Adela.

—Tendrán que tener mucha paciencia. Llevarla a casa, quererla mucho. Tratar de que se calmen sus nervios, porque...

—¿Porque? —otra vez interrogamos todos, menos la señora Adela.

—¡¿Tenemos una abuela loca ?! —gritó Manuel.

El médico lo miró y se quedó en silencio.

—¿Se ha vuelto loca? —lanzamos todos al unísono dando un paso adelante y cerrando un perfecto círculo.

El doctor miró al piso.

Todos miramos al piso.

El doctor nos miró.

Todos miramos al doctor.

—No exactamente... Sólo que niega su identidad —dijo de un tirón.

—¿Qué quiere decir, doctor? —Mamá rompió el silencio.

—Muy simple, señora. No sabe quién es. En realidad, no es que no sepa, es que dice ser otra persona... —aclaró el doctor.

Mi hermano volvió a interrumpir.

—¡¡¡Wendy!!! —vociferó Manuel—. Dice que es Wendy, ¿verdad? Siempre le encantó la historia de *Peter Pan*. Se la leyó más de trescientas veces y en una ocasión declaró que si algún día ella volvía a nacer, quería ser Wendy.

—¡¡¡Sssssshhhhhhhhh!!! —mamá, papá, la tía y el tío lo hicieron callar.

La señora Adela había desaparecido. Nadie lo notó, sólo yo.

—Hable ya, doctor —Papá estaba muy angustiado—. ¿Quién cree que es?

—Dice ser…

El doctor se detuvo.

A veces, el silencio se puede tocar con la punta de los dedos. Este era uno de esos casos.

—Dice ser… su hermana.

Nadie reaccionó.

Era como si el doctor no hubiera dicho nada. Como si todos nos hubiéramos convertido en estatuas de un segundo para el otro.

Así estuvimos casi medio minuto y, de pronto —sin duda algo sobrenatural le dice a los gemelos: ¡en sus marcas, listos, fuera!—, dejamos al médico con el silencio en la boca y entramos a la habitación de la abuela que decía no ser la abuela.

Allí estaba la señora Adela.

—Mamá, ¿sabes quién soy...? —dijo papá con un hilo de voz.

—No soy tu madre, soy tu tía.

—Mamá... Él es Eloy y yo, Aloy. Tus hijos.

—Sé perfectamente quiénes son. El asunto es que no son mis hijos, sino mis sobrinos.

La abuela, que no era la abuela, hablaba con una firmeza y una claridad que asustaban.

—Pero mamá... —la angustia de papá crecía—. La tía abuela Amalia murió hace casi un año...

—Sé que será difícil para ustedes, pero esta historia debe terminar. No soporto que siga pasando el tiempo y menos que se venda la Pequeña Gemela.

Y se sentó en la cama con una mezcla de rabia y tristeza.

—Empecemos por el principio, Amelia... —dijo mamá. A ella siempre le encanta empezar por el principio aunque la historia sea larga.

—Amalia —rectificó la... abuela o la tía abuela. Una de ellas.

—Muy bien, Amalia —Mamá trató de ordenar la conversación—. No quiero contrariarla, pero en todo este tiempo que usted ha sido la abuela Amelia, ha sufrido muchos momentos de amnesia en los que ha olvidado hasta…

—¡¿Dónde estaba la maldita tela azul?! —interrumpió la que permanecía en la cama.

—Así es —concluyó mamá y se quedó en silencio como nunca.

—Perdonen que interrumpa esta complicada reunión familiar —dijo el doctor y se acercó a la cama—. Hasta este momento usted es una paciente del hospital, señora… Usted dice no ser quien era y aclara ser quien es pero, sin ánimo de ofenderla, para no remitirla a un siquiatra, usted deberá presentar al menos un testigo.

Volvió el silencio a hacerse dueño de la situación.

El silencio es un señor grande que tiene tantas manos como bocas para callar.

La que estaba en la cama acomodó su almohada y descansó su espalda. Corrieron sus lágrimas idénticas suavemente y dejó escapar:

—Tres…

Todos se sentaron a la vez, menos la señora Adela y yo.

—No es bueno mentir. Ni aun cuando se trata de evitar que alguien sufra. No es bueno mentir, no. Ni aun cuando se

teme perder todo si uno dice la verdad
—dijo la que estaba en la cama y continuó—. Fui tan culpable de aquella pelea
absurda en el cumpleaños de estos lindos
muchachos y... cuando supe que una de
nosotras había muerto descubrí que quien
debía seguir con ustedes era Amelia y no
yo... La verdad es que fue ella la que no
le dio importancia al rabo de la ese... y
me di cuenta de que si a alguien ustedes
no querían perder era a ella... Así que sin
pensarlo..., quise hacerlos felices y...

Las lágrimas no la dejaron seguir, pero
hizo un esfuerzo y continuó:

—Más de una vez pensé decirles la verdad... Es cierto, los gemelos se parecen...
sólo eso..., pero son diferentes... Nadie,
por más que se parezca, puede llenar el
vacío de alguien que ha estado... Les pido
perdón... Sólo quise que...

Ahora el silencio eran muchos señores
grandes que bailaban en una pata entre
nosotros y no nos permitían ni respirar.

—Dijo que tenía tres testigos, señora...
—insistió delicadamente el doctor.

La que estaba en la cama le tomó la
mano a la señora Adela, que nos miró firme a todos y asintió sin decir una palabra.

—Mi precioso Constante —añadió la...
y me miró.

Se me enfriaron los calcañales.

Otro señor silencio.

—¿Y… yo?—, dije como si fuera la primera vez en mi vida que lograba pronunciar una palabra.

—Ayyyyy… —mamá se quejó desde lo más profundo de su cuerpo.

—¿Ayyyy…? —repitieron papá, el tío, la tía y la… abuela Amelia que volvía a ser la tía abuela Amalia.

—¡Una camilla, rápido…! —gritó el doctor—. ¡Esta señora está de parto! ¡Llamen al hospital materno!

Y todos, hasta la tía abuela Amalia y la señora Adela, corrieron tras la camilla por el pasillo amplio del hospital.

Silencio.

Manuel y yo nos quedamos solos.

Mi hermano miraba al suelo como si estuviera hipnotizado.

—Manuel… —le toqué un hombro—. Manueeel…

—Ahora sólo nos falta que la tía y el tío decidan casarse esta misma noche —se levantó y fue hasta el armario de la habitación, lo abrió y registró un poco—. Y ni siquiera hay una tostadora cerca…

Me sonreí.

—Creo que no siempre habrá planchas, tocadiscos y tostadoras cerca, Manuel.

Él también sonrió.

—Quizás tengas razón —respondió y me miró a los ojos con ese diablillo en la mirada que tan bien conozco—. ¿Sabes una cosa? Hay algo urgente que debemos hacer.

—¿Qué?

Rosario y Aurora

Capítulo final
Rosario y Aurora llegaron
a la vida

N os colamos en una ambulancia de cuidados intensivos que iba volando por una de las avenidas principales de la ciudad.

Que los enfermeros no nos vieran, y que frenara con el tiempo suficiente para bajarnos en el semáforo del hospital materno, son casualidades sin importancia que sólo suceden en las películas o en una familia como la nuestra.

Cómo llegamos hasta nuestras hermanitas y sorteamos todas la dificultades hasta encontrar a la pobre mujer que inscribe a los recién nacidos, también es para no creer.

Estuvimos frente a ella tratando, inútilmente, de que entendiera el conflicto del rabo de la ese y del cambio de las abuelas. Mi hermano estaba a punto de llorar.

Se escucharon golpes en la puerta.

"¡Por favor, muchachos…!" Era la voz de mamá.

Lloraba.

—Paremos esto ya, Manuel. No soporto escuchar a mamá llorando.

—¿Nos dejará inscribirlas? —Manuel insistía y también lloraba.

Creo que yo también lloré. ¿Y la señora lloró?

Con un gran libro abierto, la señora nos preguntó el nombre de nuestras hermanitas.

Manuel me miró y luego miró a las niñas. Se habían dormido. Algún día les contaríamos esta historia de los nombres y el peligro de los rabitos de la ese.

—Esta se llamará Rosario —dijo Manuel, secándose la nariz con su bata de doctor que estaba más mocosa que blanca,

y con un bolígrafo dibujó una R en uno de los calcañales de la hermanita que ya se llamaba Rosario.

Me entregó el bolígrafo.

—Esta se llamará Aurora —dije, haciendo la inscripción de la A en el diminuto pie izquierdo de la otra.

La buena mujer comprendió y quedaron inscritas.

La puerta se abrió de un tirón.

Mamá fue la primera en entrar.

Se detuvo y nos miró sin saber qué decir.

No tuve miedo. Mi corazón hacía ton, ton, ton, pero no de miedo.

Mi hermano empujó los cochecitos hacia mamá y papá y declaró:

—Se llaman Rosario y Aurora. Queremos que desde pequeñitas comprendan que aunque son iguales se puede ser diferente. No deseamos que se repita la historia del rabo de la ese.

Mamá nos abrazó llorando.

Papá abrazó a mamá y a nosotros, llorando.

La tía y el tío se abrazaron llorando.

La tía abuela y la señora Adela se abrazaron llorando.

La señora que inscribe no tuvo a quién abrazar, pero sonreía soplándose la nariz.

Rosario y Aurora llegaron a la vida.

Desde que empecé esta historia ha transcurrido casi un año.

Todavía se me cansa la mano cuando escribo mucho y no sé trabajar muy bien en la computadora. Papá me está enseñando. Dice que cree que voy a ser un gran escritor cuando sea grande. Por esa razón, para el próximo cumpleaños, me prometió una computadora.

Será la primera vez que mi hermano y yo tengamos regalos diferentes; él aclaró que para nada le interesa una computadora y que prefiere un juego de construcción con muchos tornillos, tuercas, destornilladores y pinzas.

Ya los tíos se casaron. La tía anunció que lleva dos primos en su panza y todavía es un misterio si serán o no iguales a nosotros.

Las hermanitas nuevas crecen rápido y les va muy bien con sus nombres de Aurora y Rosario.

No tenemos abuela Amelia, pero regresó la tía abuela Amalia, a la que adoramos, y vuelve a sentirse el olor a pasteles horneados en la Pequeña Gemela.

Creo que ya no somos tan iguales, a pesar de ser una familia de gemelos.

Las cosas han cambiado mucho.